Friedrich Gerstäcker

Die Colonie: Brasilianisches Lebensbild

Dritter Band

Friedrich Gerstäcker

Die Colonie: Brasilianisches Lebensbild
Dritter Band

ISBN/EAN: 9783337354596

Hergestellt in Europa, USA, Kanada, Australien, Japan

Cover: Foto ©Andreas Hilbeck / pixelio.de

Weitere Bücher finden Sie auf **www.hansebooks.com**

Die Colonie.

Brasilianisches Lebensbild

von

Friedrich Gerstäcker.

Der Verfasser behält sich die Übersetzung dieses Werkes vor.

Dritter Band.

Leipzig,
Hermann Costenoble.

1864.

Inhalts-Verzeichniss.

1.
Die Abendgesellschaft.

In der Wohnung der Frau Gräfin sollte heute Abend große Gesellschaft sein, und die Zimmer waren deshalb alle festlich mit Blumen geschmückt, die Cigarrentische ängstlich bei Seite geschafft und einige Dutzend Stearinlichte in den verschiedenen Räumen angezündet, ja, selbst Helenens Instrument in das Empfangszimmer gebracht worden. Auf acht Uhr lautete die Einladung, und es fehlten noch etwa fünf Minuten daran, als die Frau Gräfin, in einem schweren Seidenkleid, das ihr Herr von Pulteleben extra aus Rio verschrieben und das s e h r viel Geld gekostet hatte, in den Empfangssaal rauschte, um vor dem Spiegel dort ihre Toilette noch einmal zu mustern.

Helene saß am Fenster, hatte den Kopf in die Hand gestützt und schaute nach dem letzten Streifen fahlen Lichtes, der noch den westlichen Horizont begränzte, und die Conturen des malerisch eingeschnittenen Gebirgszuges scharf und deutlich in der klaren Luft abzeichnete.

»Wenn nur der Jeremias heute Alles richtig besorgt hat,« sagte die Mutter endlich und suchte vergebens in dem Spiegel eine Frontansicht von ihrem Rückgrat zu bekommen – »ich traue ihm nicht recht; er ist ein ganz entsetzlicher Mensch mit seinen Verkehrtheiten.«

»Ein Irrthum war dieses Mal in den Einladungen nicht möglich,« sagte Helene, »denn er hatte ja alle Namen deutlich aufgeschrieben.«

»Aufrichtig gesagt,« fuhr die Mutter fort, »ist es mir n i c h t recht angenehm, daß wir bei der heutigen

6

Gelegenheit gerade wildfremde Menschen haben, von denen ein paar sogar mit dem früheren Director eng liirt waren. Der Baron wird wieder schön über die »bürgerliche Versammlung« die Nase rümpfen.«

»Es sollte mir leid thun,« sagte Helene gleichgültig, »wenn der a l t e Adel des Barons sich dadurch unangenehm berührt fände; wenn er aber unter seines Gleichen leben wollte, hätte er nicht nach Brasilien auswandern, wenigstens hier keine deutsche Colonie zum Aufenthalt wählen sollen. Der Eine der Herren ist übrigens, um Dich und den Herrn Baron zu beruhigen, von Adel, und zwar ein früherer Artillerieofficier, ein Herr von Schwartzau.«

»Und wie heißt Dein kühner Pferdebändiger?«

»In der Colonie wird er kurzweg Herr Randolph genannt; ich weiß aber nicht einmal, ob das sein Vor- oder Zuname ist – wen interessirt das auch, wenn wir nur einen Namen haben, mit dem wir ihn anreden können.«

»Und Du nimmst weiter kein Interesse an ihm?« fragte die Frau und sah ihre Tochter forschend dabei an.

»Zu welchem Zweck kommen wir heute Abend hier zusammen?« fragte Helene kalt und stolz.

»Es ist gut,« sagte die Mutter und sah nach der Uhr, die sie am Gürtel trug – »ah, schon acht Uhr, und da hör' ich auch Jemanden auf der Treppe.«

Die Thür des Zimmers wurde in diesem Augenblicke rasch geöffnet; Oskar trat herein und warf, wie gewöhnlich, seine Mütze in die Ecke.

»Er ist's richtig,« lachte er dabei, zu Helenen an's Fenster gehend; »hab' ich Dir's nicht gleich gesagt?«

7

»Wer ist's? Was habt Ihr nur wieder?« fragte die Mutter. »Du könntest Dich doch wenigstens heute Abend ein Bißchen zusammennehmen, Oskar, und Dein wildes, ungestümes Wesen lassen. Ist das nun eine Manier, die Mütze auf's Sopha zu werfen, wo wir jeden Augenblick unsere Gesellschaft erwarten! Wer ist wer?«

»Jener Mensch,« rief Oskar, »den wir neulich Morgens überholten, als uns die Pferde durchgegangen waren, und der Deinem Schimmel, glaub' ich, in die Zügel gesprungen, ist richtig unser heimlicher Violinspieler von früher her, hinter dem ich, wer weiß wie oft, mit einem Eimer Wasser hergekrochen bin und ihn nie habe erwischen können – aber abgewöhnt hab' ich's ihm wenigstens, daß er das Gekratze hat sein lassen.«

Helene antwortete Nichts darauf und wandte sich wieder dem Fenster zu, und Oskar, mit einer Quantität anderer Neuigkeiten im Kopfe, fuhr, ohne auf die Schwester weiter zu achten, fort:

»Und mit des Meier Frau ist es auch richtig – die ist in den Fluß gesprungen, weil sie der alte Einsiedler da drüben so furchtbar geprügelt hat, daß sie's zuletzt nicht mehr aushalten konnte.«

»Gemeines Volk!« sagte die Frau Gräfin wegwerfend; »aber ich glaubte, Du wolltest zu der Auction hinausreiten?«

»Da bin ich auch gewesen; die langweilige Geschichte hat eben so lange gedauert, da war gar kein Fertigwerden mit all' den tausend und tausend Kleinigkeiten.«

»Und hat Herr von Pulteleben viel gekauft?«

»Verwünscht wenig,« sagte Oskar; »ein Herr Könnern – Du mußt ihn schon in Santa Clara gesehen haben, und er wohnte ja bei Sarno im Hause – schien ordentlich versessen auf Alles, was sich noch irgend brauchbar erwies, und es war gar nicht möglich gegen ihn anzubieten.«

»Herr von Pulteleben ist zurück?«

»Hörst Du ihn nicht oben herumpoltern? Er kann wieder seine Stiefeln nicht ankriegen.«

»Du bist ein schrecklicher Mensch, Oskar!« sagte die Mutter und sah nach ihrer Uhr – »aber wo unsere Gäste bleiben, ist mir unbegreiflich.«

»Die Meisten sind erst jetzt von der Auction zurück,« sagte Oskar; »der Director war auch oben und wollte gern einige der guten Möbel haben, aber Gott bewahre, Herr Könnern brauchte sie selber – der muß schmählich reich sein.«

»Herr Könnern ist ja wohl auch mit eingeladen?« fragte die Frau Gräfin ihre Tochter.

»Ja,« sagte Helene; »er hat sich aber entschuldigen lassen.«

»So – entschuldigen? Wir sind dem Herrn wahrscheinlich nicht vornehm genug. Was sich, um Gottes willen, solche Menschen nur einbilden?«

»Da unten hör' ich Jemanden,« rief Oskar – »Jeremias unterhält sich – der Bursche ist heute göttlich – hast Du ihn schon in seiner Galatracht gesehen?«

Die Frau Gräfin hatte aber keine Zeit mehr zu antworten, denn in diesem Augenblick wurde die Thür weit aufgerissen, und Jeremias, der wirklich heute im Glanz seines gewöhnlichen Ballornats erschien, meldete:

»Se. Ehrwürden der Herr Pastor Beckstein mit Ihro Ehrwürden der Frau Gemahlin.«

Oskar drehte sich auf dem Absatz herum und drückte sein Taschentuch in den Mund, und seine Mutter konnte ihm nur noch einen wüthenden Blick zuschleudern, denn im nächsten Moment mußte sie schon mit lächelndem Gesicht den Herrn Pastor begrüßen, der in schwarzem Frack, weißer Weste, gesticktem Vorhemdchen und eben solchem weißen Halstuch, darunter aber, etwas unpassend, mit Nanking-Beinkleidern in der Thür erschien und seine Frau hinter sich herschleppte.

Die Frau war eine hagere, ausgetrocknete Gestalt mit etwas spitzer Nase und eben solchen Backenknochen, kleinen, grauen Augen und dünnen Lippen – außerdem allbekannt in Santa Clara als Schrecken der Dienstboten und – wenn das Gerücht nicht log – auch ihres eigenen Mannes. Jetzt aber schien das ganze Gesicht nur Licht und Sonnenschein, so freute sie sich, die Frau Gräfin wohl und munter zu sehen, so glücklich war sie über das vortreffliche Aussehen der gnädigen Comtesse – von Oskar nahm sie keine Notiz, denn sie hatte noch zwischen ihrem Manne und der Thür durch sein Lachen gesehen und strafte ihn jetzt mit stiller, aber furchtbarer Verachtung.

Pastor Beckstein selber, eine grobe, vierschrötige Gestalt, schien sich noch nicht recht wohl in seiner Umgebung zu fühlen, und so behaglich er drüben in der Schenke hinter einer Flasche Bier oder einer Partie Solo saß, so beengt fühlte er sich von jeder anständigen Umgebung. Pastor Beckstein war auch in der That nicht in ähnlichen Verhältnissen aufgewachsen, sondern daheim ein gar ärmliches Dorfschulmeisterlein gewesen. Aus einem oder dem andern Grunde mußte er aber seinen Dienst quittiren, war dann eine Zeit lang Unterschaffner an einer Eisenbahn und wanderte zuletzt nach Brasilien aus. Hier, da er eben keine andere Stellung bekommen konnte, wurde er Geistlicher und kanzelte jetzt seine Zuhörer jeden Sonntag Morgen ab.

Er hatte wenigstens, wie der Amerikaner sagt, *the gift of the gab*, und mit einer Unzahl citirter Bibelstellen, die natürlich Niemand nachschlug, gelang es ihm, sich ziemlich geschickt in seiner Stellung zu behaupten – konnten die Colonisten doch auch keinen andern und besseren auftreiben.

Übrigens war er, und besonders außerhalb der Kirche, tolerant genug, viel toleranter wenigstens, als die Frau Pastorin, die eine strenge Controle über sämmtliche Kirchgänger in der Colonie hielt. Aber auch sie schien das Umgehen der Kirche weniger für eine Sünde gegen Gott selber, als für eine persönliche Beleidigung ihres Mannes zu halten, und vergab es deshalb nie. – Sie ging natürlich in ein ziemlich abgetragenes schwarzes Seidenkleid wie eingeschnürt und ohne Crinoline, mit einer großen, weißen Haube auf, die weiter nichts Merkwürdiges als zwei furchtbar große, reich gestickte – leider auch schon einmal ausgebesserte – Zipfellappen und eine sehr große, orangenfarbige Rose trug.

Glücklicherweise blieben diese Beiden nicht lange die einzigen Gäste, denn die Unterhaltung wäre unter so verschiedenen Elementen sehr bald in's Stocken gerathen. Bald danach meldete Jeremias: »Herr Balthasar Rohrland nebst Frau Gemahlin, Madame Rohrland.«

Madame Rohrland war ganz das Gegentheil der Frau Pastorin: ein kleines, rundes, munteres Frauchen, sehr einfach, aber gar nicht geschmacklos gekleidet, mit weiter keinem Schmuck, als ihrem Trauring und einer einzelnen Achatschnur um den Hals.

Rohrland selber war ein schlichter, praktischer Mann mit gesundem Mutterwitze, und er wie seine Frau bewegten sich vollkommen ungenirt in der bis jetzt noch immer etwas steifen Umgebung.

Mit dem Schlage halb Neun erschien Baron Jeorgy, und zwar grundsätzlich stets genau eine halbe Stunde später, als die an ihn ergangene Einladung lautete. Er war natürlich *à quatre épingles* gekleidet; seine Toilette ließ Nichts zu wünschen übrig, und er hätte eben so gut damit bei dem Lever irgend eines europäischen Fürsten erscheinen können. Pastor Beckstein schrak auch wirklich ordentlich in sich zusammen, als er zufällig einmal einen Blick auf seine Nankings warf. Die Frau Pastorin haßte den Baron aber seit diesem Augenblicke noch viel mehr, als sie ihn je gehaßt hatte – es versteht sich von selber, nur seines Stolzes und Hochmuths wegen, der ihn sogar nicht ein einziges Mal in i h r e Kirche ließ.

Jetzt erschien auch endlich – als Hausgenosse jedoch eben so gewissenhaft und laut von Jeremias angemeldet – Herr von Pulteleben, gleichfalls sehr elegant gekleidet, sogar mit einem noch neueren Frackschnitt als der Baron, was seinerseits d i e s e n wieder ärgerte. Herr von Pulteleben ging übrigens vor allen Dingen auf die Damen zu, diese zu begrüßen, machte dem Baron dann die gehörige Verbeugung und grüßte den Herrn Pastor mit seiner Gattin, die anfingen, sich in eine Ecke zu drücken und dort festzusetzen, in etwas summarischer Weise – was wieder einen Stachel in der Brust der Frau Pastorin zurückließ. Die Frau Pastorin sammelte überhaupt heute Abend Stacheln – wären es thatsächliche gewesen, ihr Herz hätte beim Nachhausegehen wie ein blutiges Nadelkissen aussehen müssen. Dann näherte sich Herr von Pulteleben der Frau Gräfin, um ihr nur vorläufigen, übrigens nicht befriedigenden Bericht über die Auction abzustatten. Die Frau Gräfin hatte nämlich gehofft, daß er eine ganze Menge sehr hübscher, wenn auch vielleicht sehr unnöthiger Dinge mitbringen würde, und sah sich darin eben nicht angenehm getäuscht. Jetzt meldete Jeremias wieder einen neuen Gast, den Herrn Director von Reitschen, dem er aber vorher noch einmal, aus Ungeschicklichkeit oder Malice, die Thür vor der Nase zumachte, und dann tausendmal um Entschuldigung bat.

Günther und Felix waren die Letzten, die erschienen, und Felix in der That noch bis zum letzten Augenblick unschlüssig gewesen, ob er gehen oder bleiben solle. Ja, noch vor der Thür hatte er des Freundes Arm gefaßt und gesagt:

»Laß mich lieber unten, Günther – es ist wahrhaftig besser, und die Frau da oben mag ihre Rolle weiter spielen nach Herzenslust. Wir sind ja alle mit einander Komödianten auf dieser wunderlichen Weltbühne, und die Gesellschaft betrügt entweder selber oder verlangt dringend, betrogen zu werden – warum ihr also den Spaß verderben?«

»Ich würde Dir trotzdem zureden, mit hinauf zu kommen,« sagte Günther, »wenn ich nicht heute zufällig gehört hätte, daß diese Abendgesellschaft wirklich zu einer Art Verlobungsfeier benutzt werden soll, und ich kann mir denken, daß Dir das nicht angenehm wäre. Hast Du also nicht ganz besondere Lust mit hinaufzugehen, so kehre ruhig nach Haus zurück; ich will Dich dann schon oben entschuldigen. Es findet sich später wohl einmal eine andere und bessere Gelegenheit, die Frau G r ä f i n wenigstens wissen zu lassen, daß man ihre wahre Abkunft kennt.«

»Glaubst Du, daß mich die Verlobung stören würde?« lachte der junge Graf bitter – »wahrhaftig nicht! Im Gegentheil gönne ich der nachgemachten Comtesse von Herzen diesen Herrn von Pulteleben, und ihm eben so gern die Kammerfrau als Schwiegermutter – ich würde mich sogar hüten, die Verbindung zu stören, und wenn mir das auch nur e i n Wort kostete. Aber in e i n e r Art hast Du Recht – wenn auch in einem andern Sinn, wie Du es

13

gemeint – Helene selber könnte nämlich glauben, ich sei der Verlobung ausgewichen, und deshalb – gehen wir hinauf. Ich freue mich jetzt selber darauf, einmal einer echt aristokratischen Gesellschaft in einer brasilianischen Colonie beizuwohnen.«

»Du willst mitgehen?«

»Gewiß,« lachte Felix, des Freundes Arm wieder ergreifend und ihn mit fortziehend; »es muß überhaupt schon fast dreiviertel sein, und wir werden jedenfalls mit Schmerzen erwartet. Wie sich die Frau Gräfin freuen wird, meine Bekanntschaft zu erneuern! Aber ich bitte Dich, Günther, nie selber über meine Entdeckung zu reden. Das Geheimniß ist mein eigen.«

»Gewiß – aber glaubst Du, daß sie Dich wiedererkennt?«

»Ich glaube kaum – zu viele Jahre sind verflossen, seit wir uns nicht gesehen, und ich selber – bin alt dabei geworden; vielleicht kann ich jedoch ihrem Gedächtnisse nachhelfen.«

»Da sind wir.«

»Allerdings; es weht ordentlich ein feierlicher Duft durch diese erleuchteten Hallen – wenn nur das Ganze nicht so nach dem Tischler röche – und Jeremias in Gala – Ich fürchte fast, Günther, daß wir nicht in standesgemäßer Toilette erscheinen.«

»Immer 'rein, meine Hörrschaften,« rief ihnen Jeremias unten im Hausflur entgegen – »immer 'rein – h ü r ist der Platz, wo Sie Staunenswerthes sehen und erleben werden – immer hereun! Erwachsene Herrschaften zahlen gar Nichts und Säuglinge unter zwölf Jahren die Hälfte!«

»So recht, Jeremias,« lachte Günther – »ist die Gesellschaft versammelt?«

»Alle da, meine Hörrschaften,« erwiederte Jeremias mit größtem Ernste – »fehlten nur noch, wie der Dichter sagt, zwei lumpige Personen« – und damit stieg er die Treppe vor ihnen hinauf, riß die Thür auf und meldete:

»Herr Baron, Günther von Schwartzau mit – Donnerwetter, ich weiß ja I h r e n Namen nicht!«

Oskar lachte g'rad' hinaus, und auch der Director konnte ein Lächeln nicht unterdrücken; nur die Frau Gräfin schoß einen zürnenden Blick auf den tactlosen Diener, und Baron Jeorgy schien ebenfalls bis in die Fingerspitzen hinein empört, über diese Mißhandlung jedes Anstandes, jeder Sitte. Günther übrigens, ohne sich im Geringsten außer Fassung bringen zu lassen, nahm Felix bei der Hand, ging mit ihm auf die Gräfin zu und sagte mit einer leichten Verbeugung:

»Gnädige Frau, Sie waren so gütig, mich und Freund Randolph auf heute Abend einzuladen, und ich erlaube mir deshalb, uns Beide hier vorzustellen.«

Die Frau Gräfin machte eine stumme Verbeugung gegen Herrn von Schwartzau, die nur an der äußersten Kante den neben ihm stehenden Freund einschloß; Helene aber, die hinter ihrer Mutter gestanden, trat jetzt vor, und von Schwartzau die Hand reichend, sagte sie herzlich:

»Sie haben m i r besonders eine große Freude gemacht, daß Sie der Einladung gefolgt sind, denn draußen im Walde wurde mir ja gar keine Zeit gegeben, Ihnen so herzlich für die Hülfe zu danken, die Sie mir geboten, wie ich es wohl gemocht.«

»Comtesse,« sagte Günther, wirklich überrascht von der fast wunderbaren Schönheit des Mädchens – »so sehr wir den Unfall I h r e t w e g e n bedauert haben, so glücklich hat uns der kleine Dienst gemacht, den wir Ihnen leisten

15

durften. Übrigens muß ich die Haupthandlung vollkommen von mir abwenden, denn Freund Randolph hier war der eigentliche Held des Morgens, indem er sich Ihrem Pferd entgegenwarf.«

Helene hatte sich mit ihrem Danke gegen b e i d e Männer gewandt gehabt, aber während sie sprach doch immer nur Günther angesehen, und höchstens einmal ihren Blick wie scheu zu seinem Begleiter, aber nie bis zu dessen Antlitz erhoben. Jetzt konnte sie es nicht länger vermeiden, und auch ihm die Hand reichend und tief dabei erröthend, sagte sie, aber nicht mehr so zuversichtlich, als vorher:

»Entschuldigen Sie, mein Herr, aber ich war an jenem Morgen so mit meinem wild gewordenen Thier beschäftigt, daß ich wirklich kaum mehr hörte oder sah, was um mich her vorging – viel weniger denn hätte Personen unterscheiden können. Nehmen auch Sie meinen herzlichsten Dank.«

»Bitte, mein gnädiges Fräulein,« sagte Felix ruhig, indem er die gebotene Hand nahm, leicht an seine Lippen hob und dann wieder los ließ – »machen Sie keine Umstände. Ich muß zu meiner Schande gestehen, daß ich dem Pferd nur aus einer Art von alter Angewohnheit entgegen sprang. Ich kann nämlich keine durchgehenden Pferde leiden, und fahre ihnen stets in den Weg, wo ich sie eben treffe.«

»Sie wollen also damit sagen,« lächelte der Director, »daß Sie dem Pferde mehr des Pferdes als der Reiterin wegen in den Zügel fielen.«

»Genau dasselbe,« sagte Felix, sich hoch aufrichtend und den Director ansehend – »mit wem habe ich das Vergnügen?«

»Herr Director von Reitschen,« sagte Günther, ihn vorstellend, und die beiden Männer verbeugten sich

16

vornehm gegen einander.

»Der Herr Randolph hat etwas sehr Anständiges in seinem Benehmen,« flüsterte Baron Jeorgy leise der Frau Gräfin zu, neben der er stand.

»Finden Sie?« sagte die Gräfin und musterte den Fremden mit einem gleichgültigen Blick; sie hatte ihr Auge auch schon wieder von ihm abgewandt, als es noch einmal dahin zurückkehrte und ihn aufmerksamer betrachtete. Wo hatte sie denn das Gesicht schon einmal in ihrem Leben gesehen?

Helene erröthete noch tiefer, als der junge Fremde ihren Dank auf so fast leichtfertige Art zurückwies; sein ganzes Benehmen dabei war aber so achtungsvoll und gewandt, daß sie ihm auch wieder nicht böse sein konnte.

Jeremias störte die Unterhaltung auf sehr directe Weise, indem er ein sehr großes Theebret mit einer Anzahl Tassen und Rahmgießer, Zuckerdose und Rumflasche mitten zwischen die Gruppe hineinschob und auf das Verbindlichste fragte:

»Irgend Etwas gefällig? Bitte, langen Sie zu. Herr von Schwartzau – hurrjeh, jetzt hätten Sie gleich die Rumflasche mit dem Ellbogen heruntergefegt!«

Bald war der Thee allgemein und eben so das Gespräch, denn der Thee verschwemmt eigentlich jede Gesellschaft, und eine ernsthafte oder geistreiche Unterhaltung ist bei häufigem Genuß von Thee kaum möglich. Er schläfert viel mehr ein, als daß er aufweckt, und daher sehr häufig die entsetzlichen Folgen, wenn bei Vorlesungen auch noch Thee umhergereicht wird.

Sehr natürlicher Weise drehte sich aber das Gespräch anfänglich fast ausschließlich um die Tagesbegebenheit – die Auction des Meier'schen Gutes und Eigenthums, den

Selbstmord der Frau und den raschen, geheimnißvollen Abzug von Vater und Tochter, der mehr einer Flucht als einer wirklichen Abreise glich. Günther dankte auch Gott im Stillen, daß Könnern die Einladung ausgeschlagen, denn jedes Wort hier wäre ein Messerstich für ihn gewesen.

»Apropos, Herr von Schwartzau,« wandte sich endlich der Director an diesen – »will sich denn Ihr Freund Könnern bleibend bei uns niederlassen? Wie ich erst verstand, war er blos auf einer Durch- oder vielmehr Kunstreise hier. Nach den bedeutenden Einkäufen aber, die er heute, besonders an Möbeln und anderen, schwer zu transportirenden Gegenständen gemacht, sieht es doch viel eher aus, als ob er sich hier eine Wirtschaft und einen eigenen Heerd gründen wolle.«

»Ich muß sehr bedauern, Ihnen darüber keine genaue Auskunft geben zu können, Herr Baron,« sagte Günther, »denn ich selber habe hier das Erste von diesen Einkäufen gehört. Möglich, daß er dazu den Auftrag von Herrn Meier selber bekommen, denn so viel ich weiß, gedenkt jener Herr hierher zurückzukehren. Er hat wahrscheinlich nur das Überflüssige verkaufen lassen.«

»In der That? Und waren Sie näher mit der Familie befreundet?«

»Ganz und gar nicht – ich habe das Haus kurz vor ihrer Abreise zum ersten Male betreten.«

»Sonderbar,« sagte der Director; »es scheint eigentlich Niemand im ganzen Ort zu sein, der sie kennt.«

»Ich weiß Niemanden. Sie haben wenig oder gar keinen Umgang mit Fremden gehabt.«

»Und weshalb die Frau den Tod könnte gesucht haben?«

»Das Geheimniß ruht wohl mit ihr im Grabe,« sagte Günther ausweichend, »denn ich glaube nicht, daß die Familie selber darüber Auskunft geben würde. Sie soll übrigens immer tiefsinnig gewesen sein, und es ist möglich, daß die vollkommen abgeschiedene Lebensweise nicht wenig dazu beigetragen hat, eine solche krankhafte Idee zum Ausbruch zu bringen.«

»Sehr wahrscheinlich,« sagte der Director – er sah, daß er aus Günther Nichts weiter herausbringen würde, selbst wenn dieser wirklich um Eins oder das Andere gewußt hätte.

Das Gespräch drehte sich endlich wieder anderen Gegenständen zu, und Jeremias reichte zum zweiten Mal den Thee zwischen die Frau Pastorin und Madame Rohrland hinein, die eben tief in wirthschaftliche Dinge verwickelt waren.

»Ja,« entgegnete die Frau Pastorin auf eine Äußerung der andern Dame bezüglich des Strickens, indem sie Jeremias die wieder gefüllte Tasse abnahm und sich Zucker und Milch nahm – »das ist gar Nichts – denken Sie nur, was ich für Füße zu versorgen habe, die Strümpfe verlangen. Ich muß für meinen Mann und mich, für meine fünf Kinder und auch noch für den Schwager von meinem Mann, also für acht Personen, stricken.«

»Alle Wetter!« sagte Jeremias erstaunt – »für zweiunddreißig Beine!«

Die Frau Pastorin warf ihm einen wüthenden Blick zu und Jeremias ging weiter, wo Herr von Pulteleben neben Helenen und dem Director stand.

»Trotzdem, daß wir selber bei den Cigarren interessirt sind,« lachte Helene, »so halte ich es doch für eine entsetzliche und fatale Gewohnheit, die aber eben nicht abzuschaffen ist und deshalb ertragen werden muß.«

»Und doch stände es in der Gewalt der Damen, das zu thun,« sagte der Director galant; »die jungen Damen sollten sich nur alle verschwören, keinen Mann zu küssen der raucht.«

»Das hälfe gar Nichts,« meinte Jeremias trocken, indem er das Theebret vorschob – »bitte, langen Sie zu, mir schläft der Arm schon ein – die jungen Damen sollten sich lieber verschwören, Jeden zu küssen der n i c h t raucht – was nachher für ein Gereiße um den Herrn Director wäre!«

Helene und Herr von Pulteleben lachten dieses Mal und der Director sah Jeremias über die Schulter verächtlich an, was aber an diesem ruhig abprallte.

Oskar, welchen die Gesellschaft langweilte, hatte sich an's Instrument gesetzt und spielte einen Walzer, aber so falsch und außer allem Tact, daß ihn selbst seine Mutter bat, aufzuhören.

»Bitte, Comtesse,« fragte der Director, »wollten S i e nicht die Freundlichkeit haben und uns Etwas zum Besten geben? Ich habe schon so viel von Ihrem Spiel gehört, aber noch nie die Freude gehabt, selber Ohrenzeuge zu sein.«

Helene verneigte sich leicht, zog ihre Handschuhe aus und ging auf das Clavier zu. Jeremias blieb mit dem Theegeschirr vor Herrn von Pulteleben stehen.

»Und sind S i e nicht musikalisch, würdiger Greis?« sagte der junge Mann, indem er zulangte und sich eine Tasse bereitete.

»Ich leider nicht,« meinte Jeremias, indem er zusah, wie sich Jener ein Stück Zucker nach dem andern in die Tasse warf – »aber ich stamme aus einer ganz musikalischen

Familie.«

»So?«

»Ja,« sagte Jeremias – »ich habe drei Schwestern, die sind alle musikalisch, die eine schlägt das Clavier, die andere spielt das Pianoforte und die dritte ist Witwe – nehmen Sie nicht n o c h ein Stückchen Zucker?«

»Ruhig da,« sagte Günther, als Helene gerade zu präludiren begann, und Jeremias drückte sich mit dem jetzt überall herumgereichten Bret zur Thür hinaus.

Helene, die einen vortrefflichen Lehrer gehabt, spielte wirklich wunderschön, und das Beste dabei, mit tiefem Gefühl – und wie seelenvoll trug sie jetzt das Adagio von Mozart vor, wie kräftig und frisch sprang sie zu dem Allegro über, durch das immer und immer wieder die süßen und wehmüthigen Klänge zuckten.

Felix lehnte mit in einander geschlagenen Armen an dem Fenster nächst dem Clavier. Er hatte kalt und gleichgültig bleiben wollen, aber die Töne sprachen zu mächtig zu ihm. Es war die nämliche Melodie, mit der ihm Helene, als er den letzten Abend unter ihrem Fenster gespielt, geantwortet hatte, und jetzt – er deckte seine Augen mit der Hand, und Alles, was ihn umgab, schwamm in einem wilden, wirren Chaos zusammen, aus dem nur die Töne wie Sphärenmusik zu ihm herüber drangen.

Jetzt schwiegen sie – »Bravo, Bravo, vortrefflich – wirklich meisterhaft!« tönte es von allen Seiten – nur Felix wandte sich ab und schaute stumm und still in die dunkle Nacht hinaus, deren frischer Luftzug seine Schläfe kühlte – die leeren Beifallsphrasen thaten ihm weh.

Ein anderer Spieler hatte den Platz am Pianoforte eingenommen – die junge Frau Rohrland, die eine sehr hübsche Polka ganz allerliebst und mit großer Fertigkeit abspielte. Felix hörte es gar nicht, als eine leise Stimme an seiner Seite sagte:

»Sind Sie nicht auch musikalisch?«

Der junge Mann schrak empor, als ob er einen Stich in's Herz bekommen hätte, und als er sich wandte, stand neben ihm Helene, das liebe Antlitz fragend zu ihm aufgehoben, während der Glanz der Lichter ihr goldblondes Haar wie mit einem Heiligenscheine zu umgießen schien.

»Sind Sie nicht auch musikalisch?« wiederholte Helene die Frage, als sie sah, daß sie der Fremde fast verwirrt anstarrte, als ob er die Worte überhört hätte.

»Ich? – Nein,« stammelte Felix und biß die Zähne auf einander, daß er sich, gerade d e m Mädchen gegenüber, so schwach und unbeholfen gezeigt – »nein, Comtesse,« wiederholte er fest, und fast rauh – »mir träumte einmal, daß ich spielen könnte – aber die Zeit liegt dahinten und – ich sehne sie auch nicht zurück.«

»Und hören Sie gern Musik?« fragte Helene weich.

»Nein,« erwiederte der junge Graf nach einigem Zögern – »Musik sollte ein Genuß, eine Erholung für uns sein, und mir – reißt sie nur immer wieder alte Erinnerungen und Bilder wach, die besser abgethan im Dunkeln schlafen. Ich h a s s e Musik!«

»Oder f ü r c h t e n sie,« sagte Helene ernst.

»Fürchten? Es giebt wenig, was ich auf der Welt fürchte, Comtesse – und doch könnten Sie Recht haben – ich fürchte sie vielleicht.«

»Und bietet uns nicht auch gerade die Musik so manchen süßen Trost in Schmerz und Leid!«

»Sie reden, Comtesse,« sagte Felix, fast spöttisch lächelnd, »als ob S i e schon ein Leben voll bitterer Erfahrungen hinter sich und nicht – einen Blumengarten knospender Erwartungen vor sich hätten.«

»Lieber Gott,« sagte das junge Mädchen unbefangen – »Jeder von uns trägt seine Last an Sorgen und Schmerz, die sich oft hinter der glattesten Stirn verstecken – wer will sagen, daß er die schwereren trüge. – Aber wir werden zu ernst,« brach sie freundlich ab – »wissen Sie, Herr Randolph, daß wir Beide eine merkwürdige Übereinstimmung in unseren Träumen haben?«

»W i r Beide?«

»Ja – auch mir träumte neulich einmal, daß Sie – spielen könnten, und doch hatte ich Sie selber kaum mehr als einmal und nur flüchtig auf der Straße gesehen. Finden Sie das nicht wunderbar?«

»Allerdings – s e h r wunderbar!« rief Felix und schaute überrascht zu ihr auf, Helene sah ihn aber so ruhig und unbefangen an, daß er den Kopf wieder abwandte und sagte: »Aber wer kann für seine Träume? Sie kommen eben und gehen, und drücken dabei trotzdem ihre Fährten in unsere Erinnerung, daß wir in späteren Jahren die wirklichen von den geträumten kaum noch unterscheiden können. Lassen Sie uns Beide unsere Träume vergessen.«

Dunkles Roth schoß in Helenens Züge und ihre Lippen öffneten sich wie zu einer Erwiederung, aber kein Wort verließ sie, und der laute Applaus der eben beendeten Polka, bei dem besonders Pastor Beckstein mit seinen breiten Händen wacker arbeitete, brachte die Gesellschaft wieder unter einander, die sich jetzt um Frau Rohrland drängte und ihren Dank für den Genuß aussprach. Helene wurde dadurch ebenfalls von Felix getrennt, und Oskar's laute

Ankündigung, daß der Tisch gedeckt sei und der Gäste harre, machte überhaupt jede weitere Unterhaltung unmöglich.

2.
Fortsetzung.

Herr von Pulteleben hatte sich rasch zu Helenen durchgearbeitet, um ihr seinen Arm anzubieten, Baron Jeorgy bot den seinen der Frau Rohrland, da der Director schon die Frau Gräfin um die Ehre gebeten, und Herr Rohrland führte, zur augenscheinlichen Erleichterung ihres Gatten, die Frau Pastorin zu Tische; die übrigen Gäste folgten mit Oskar der kleinen Escorte in das Speisezimmer, wo sich Oskar indessen den Spaß gemacht hatte, die von seiner Mutter vorher sorgfältig geprüfte und durch kleine Namenszettel bezeichnete Rangliste der Sitzenden, gründlich durch einander zu werfen und zu verwirren.

Die Frau Pastorin kam dadurch oben an die Tafel, mit Herrn Randolph an der einen und dem Director an der andern Seite; neben diesen die Frau Gräfin, Pulteleben zwischen den Pastor und Herrn Rohrland, Oskar selber zwischen dessen Frau, mit der er sich sehr gern unterhielt, und den Baron, der ihn nicht leiden konnte, Günther auf die andere Seite zwischen Frau Rohrland und Helenen, die wiederum rechts von Felix zu sitzen kam.

Ehe die Verwirrung auch nur bemerkt wurde, hatten die Frau Pastorin und mehrere Andere, die ihre Zettel aufgelegt fanden, schon Platz genommen. Unter ihnen, das Gefühl gekränkter Eitelkeit in Fracturbuchstaben an der Stirn, der Baron, der dabei der Gräfin einen Bände sprechenden Blick zuwarf.

Die Gräfin, in dem Gefühl vollständiger Sicherheit, Alles nach besten Kräften angeordnet zu haben, trat nur eben noch einmal in die Thür, um Jeremias ein paar Befehle hinauszurufen, und als sie sich wieder umdrehte, war das Unglück geschehen.

»Aber, meine Herrschaften,« rief sie entsetzt – »wie – wie haben Sie sich denn gesetzt?«

»Wie unsere Zettel lagen, meine Gnädigste,« antwortete der Baron scharf – es war die einzige Rache, die er nicht unter seiner Würde hielt.

»Aber das ist ja ganz falsch – eine Verwechselung!«

»Ach, wir sitzen ja recht hübsch hier,« sagte die Frau Pastorin, die sich an der Seite des Herrn Directors wohl fühlte – »wir bleiben so, nicht wahr?«

»Ja, wir bleiben so,« lachte auch die kleine, muntere Frau Rohrland, der Oskar schon mit ein paar Worten seinen Streich erzählt hatte – »so ein Durcheinander ist ganz hübsch und gemüthlich.«

Die Gräfin warf ihrem Sohn einen Dolchblick zu, dem sich aber Oskar wohl zu begegnen hütete, und von Pulteleben, der noch immer seinen Platz nicht eingenommen hatte und hinter seinem Stuhl in Erwartung einer Änderung stehen geblieben war, setzte sich endlich auch seufzend und mit einem kläglichen Blick zwischen den Herrn Pastor und Herrn Rohrland hinein. Dann kam Jeremias mit der Suppe, und unter den also Zusammengewürfelten begann bald, mit dem Klappern der Teller und Löffel, eine lebhafte Unterhaltung.

Herr von Pulteleben allein fand sich auf seinem Platz vollkommen an die Luft gesetzt. Wie hatte er sich Alles ausgedacht, die Rede, welche er zu halten sich vorgenommen »mit der jungen Dame an meiner Seite« – rechts saß der Pastor, links der trockene Kaufmann Rohrland, und seine Schwiegermutter in spe konnte er nicht einmal ansehen, um den geeigneten Moment aufzufangen; er hätte dann um den dicken Beckstein herumgucken müssen.

Helene, die ebenfalls augenblicklich ihren Bruder in Verdacht hatte, die Verwirrung bewirkt zu haben, fühlte sich am Unbehaglichsten zwischen den beiden Fremden, noch dazu, da Felix mit der größten Unbefangenheit ein vollkommen gleichgültiges Gespräch mit ihr anknüpfte und sogar mit dem Wetter begann. Sie gab ihm auch nur kurze und einsilbige Antworten – und doch war ihr das Herz dabei so weh – so sonderbar bedrückt – sie wußte sich selber nicht ordentlich Rechenschaft zu geben, weshalb – und ihr Nachbar an der andern Seite, Herr von Schwartzau, beschäftigte sich ausschließlich mit s e i n e r Nachbarin zur Rechten.

Am Besten nahm die Frau Pastorin die Gelegenheit wahr, die sich ihr vielleicht nicht so bald wieder bot, ihren Nachbar, den Herrn Director, gründlich mit ihren Ansichten über Gemüsebau und Schweinezucht bekannt zu machen, die, wenn er sie befolgen wollte, die segensreichsten Folgen für die Colonie tragen mußten.

Der Director versuchte, um dieser Plage zu entgehen, verschiedene Male, sich ausschließlich der Frau Gräfin zuzuwenden – aber umsonst. Die Frau Pastorin hielt, was sie einmal hatte – welches Zeugniß ihr auch ihr Mann zu Zeiten ausstellte – und er mußte sich endlich in sein Schicksal ergeben und ruhig und geduldig ausharren.

Die Gräfin hatte indessen über den Tisch hinüber, so oft das nur unbemerkt geschehen konnte, die Züge des jungen Grafen gemustert, der sich unter dem bescheidenen Namen Randolph bei ihr eingeführt. Wo nur hatte sie das Gesicht schon gesehen – wo diese Züge, die ihr so merkwürdig bekannt waren, und durch eine zufällige Ähnlichkeit mit einem jungen Brasilianer in Santa Catharina ihr Gedächtniß immer wieder auf eine falsche Fährte brachten? – Felix konnte es eben so wenig entgehen, daß ihn die Dame oft und stark fixirte, wenn er auch dann nie nach ihr hinübersah – aber ein paar Mal zuckte es wie ein leichtes, fast spöttisches Lächeln um seine Lippen und beunruhigte sein *vis-à-vis* zuletzt so, daß sie sich fest vornahm, ihn gleich nach Tisch selber zu fragen, wo sie sich schon einmal im Leben getroffen hätten, ob in Rio oder wirklich auf Santa Catharina. Sie war dadurch so in ihre Gedanken vertieft geblieben, daß sie ganz überhörte, wie Herr von Pulteleben in einem geringen Grade von Verzweiflung schon ein paar Mal hinter seinem dicken Nachbar weggerufen hatte: »Beste Frau Gräfin, beste Frau Gräfin!« – und der Pastor, durch den Schall getäuscht, sich dann jedesmal nach der verkehrten Seite umsah.

Jetzt endlich konnte er seine Ungeduld nicht länger bezähmen, stand auf, trat hinter den Stuhl der Gräfin und flüsterte:

»Beste Frau Gräfin, glauben Sie nicht, daß es – daß es jetzt etwa Zeit sein dürfte, der Gesellschaft – der Gesellschaft den wichtigen Schritt mitzutheilen? – Wir sind schon beim Dessert.«

»Sie haben Recht,« erwiederte die Gräfin, rasch aufstehend und einen flüchtigen Blick über die Gäste werfend – »es wird in der That Zeit; bitten Sie den Baron darum, er wollte den Toast übernehmen.«

Herr von Pulteleben verneigte sich – es war ihm in der That n i c h t recht, jetzt erst noch einmal den Baron darum zu bitten, aber es ließ sich Nichts mehr an der Sache thun. Er warf einen Blick nach Helenen hinüber, die das Flüstern bemerkt und dessen Bedeutung errathen haben mochte, denn sie erbleichte sichtbar.

Herr von Pulteleben war aber in diesem Augenblick viel zu sehr mit sich selber beschäftigt, um das zu bemerken oder zu beachten. Er trat zum Baron und flüsterte diesem einige Worte leise zu.

»Mein lieber junger Freund,« sagte der Baron achselzuckend, »hier u n t e n von der Tafel? Wünschen Sie das wirklich?«

»Ich bitte Sie dringend darum im Namen der Frau Gräfin.«

»Bitte, lieber Baron,« winkte ihm auch die Dame von ihrem Platze zu.

»Hm,« sagte der Baron und wischte sich mit der Serviette den Mund – »hm – es ist – eigentlich gegen meine Grundsätze, aber – wenn Ihnen damit ein Gefallen geschieht, junger Freund« – und er stand dabei langsam von seinem Stuhl auf und legte seine Finger auf den Fuß des vor ihm stehenden, erst gefüllten Glases, während er mit der andern Hand leicht seinen Messerrücken dagegen schlug.

»Meine Herrschaften!«

»Wollen Sie Käse?« fragte Jeremias, der das Anschlagen des Glases gehört hatte und mit dem Käseteller auf den Baron zufuhr.

»Meine Herrschaften!« wiederholte der Baron, indem er Jeremias mit seinem Teller verächtlich den Rücken zukehrte und alle Gäste ihn erwartungsvoll ansahen. »Es ist mir die sehr angenehme und ehrenvolle Pflicht geworden, die Namen zweier junger Leute neben einander zu nennen, die gesonnen sind, hinfüro eben so neben einander durch dieses Leben zu wandern. Ich weiß, daß Sie alle von Herzen in meine Wünsche einstimmen werden, daß ihnen nämlich eben dieses Leben nur Rosen und keine Dornen, nur Sonne und keinen Schatten ....«

»Hübsch in Brasilien,« sagte Jeremias halblaut.

»Nur Freuden und keine Leiden bieten möge,« fuhr der Baron fort, »und ich bitte Sie deshalb, mit mir anzustoßen auf das Wohl von Comtesse Helene und Herrn Arno von Pulteleben – Sie leben hoch!«

»Hoch! Hoch!« rief Alles, von den Stühlen aufstehend und die Gläser erhebend und gegen einander stoßend.

»Jetzt ist die Bombe geplatzt,« sagte Jeremias, und sprang an einen Nebentisch, wo er sich ebenfalls ein Glas bis zum Rande mit Rheinwein füllte.

Neben Helenen war Felix von Rottack aufgestanden, und ihr sein Glas entgegenhaltend, sagte er artig, aber kalt:

»Erlauben Sie, C o m t e s s e, daß ich der Erste sei, der Ihnen seinen aufrichtigen Glückwunsch zu Ihrer Verlobung mit Herrn von Pulteleben bringt – es ist ja auch das Einzige, was wir anderen armen Teufel bringen können, die außerdem nur noch den Glücklichen beneiden mögen, daß er die – schönste Blume Santa Clara's pflücken darf.«

Helene, als sie ihr Glas mit dem seinigen berührte, sah scheu zu ihm auf, denn sie fühlte das Bittere im Tone. Jeder Blutstropfen hatte dabei ihr Angesicht verlassen, und ein so tiefer Schmerz lag in diesem Moment in ihren Zügen, daß Felix unwillkürlich davor erschrak und mit leiser, herzlicher Stimme hinzusetzte: »Sein Sie glücklich!«

Herr von Pulteleben mußte um den ganzen Tisch herum, um zu seiner Braut zu gelangen. Er hatte erst auf des Barons Toast noch Etwas erwiedern wollen, aber es ging nicht; der Spectakel war zu groß geworden, und er drängte sich jetzt nur zwischen die Übrigen hinein, um nicht ganz aus dem Weg gesetzt zu sein.

»Das ist ja in der That eine große Überraschung,« sagte die Frau Pastorin, die das Geheimniß schon einige Tage früher als die betreffenden Personen selbst gewußt hatte – »ei, da gratulir' ich ja recht von Herzen und von ganzer Seele und mit ganzem Gemüth, und der Herr gebe seinen reichsten Segen dazu – und was man Ihnen sonst noch alles Gute wünschen kann!«

Helene stieß mit Allen an – sie wußte gar nicht mit wem – sie bemerkte auch kaum, daß ihr Bräutigam sich ihr nahte und verlegen sein Glas mit dem ihrigen berührte; sie hörte nur, wie er flüsterte:

»Meine liebe, liebe Helene – o, daß ich Sie jetzt so nennen darf!«

Der Herr Director Reitschen, der eben sein Glas erhoben hatte, fühlte sich leise am Ellbogen berührt und wandte sich danach. Er sah auch Jeremias mit dem gefüllten Pokal vor sich; ehe er es aber verhindern konnte, stieß der kleine Bursche, ihm freundlich und vertraulich zunickend, mit ihm an und leerte seinen Wein dann auf einen Zug.

Der Baron war ein entsetzter Zeuge dieser Zwischenscene gewesen.

Die Gläser wurden wieder gefüllt, und vielleicht zum Beweis, wie unvorbereitet ihnen Allen diese Nachricht kam, las der Herr Pastor jetzt ein langes Gedicht ab, das er zur Feier dieser »unerwarteten« Gelegenheit verfaßt hatte.

Während sie übrigens standen, zog ihnen Jeremias, der seine besonderen Gründe haben mochte, den Nachtisch nicht zu lange auszudehnen, vorsichtig die Stühle weg, stellte sie in die Ecke und meldete zugleich, daß der Kaffee im andern Zimmer servirt sei. Die Übrigen sahen es auch alle, nur Beckstein, mit seinem etwas unleserlich geschriebenen Gedichte beschäftigt, hatte nicht darauf geachtet, wollte sich nach Beendigung desselben wieder niedersetzen und wäre mitten in die Stube geschlagen, wenn ihn der dicht hinter ihm stehende Rohrland nicht noch gefaßt und gehalten hätte.

Der Kaffee wurde im andern Zimmer servirt, und dort hatte sich Felix wieder von den Übrigen zurückgezogen. Günther, der es bemerkte, trat zu ihm und sagte freundlich:

»Ziehe doch nicht ein so furchtbar grämliches Gesicht, Felix. Siehst ja, bei Gott, aus, als ob wir nicht zu einer Verlobung, sondern viel eher zu einem Begräbniß geladen wären!«

»Es hat auch so etwas Ähnliches,« sagte der junge Mann düster; »aber wahrhaftig, Günther, ich – wollte, ich wäre gar nicht hierher gekommen. Ich fühle, daß ich anfange bitter und vielleicht ungerecht zu werden, und – Andere entgelten lasse, was – möglicher Weise Andere gar nicht verschuldet haben.«

»Du bist und bleibst ein Träumer,« sagte Günther; »aber warte nur; wenn ich Dich erst im Walde draußen habe, will ich Dich schon curiren. Morgen früh um acht Uhr geht's an die Arbeit.«

»Ich wollte, ich wäre schon draußen. Glaubst Du nicht, daß wir uns jetzt empfehlen könnten?«

»Nur noch einen Augenblick; ich muß Etwas mit dem Director besprechen, was mir morgen einen Weg erspart, und habe ihm bis jetzt nicht beikommen können.«

»So eile Dich, mir brennt der Boden unter den Füßen.«

Günther mischte sich wieder unter die Gesellschaft, um

des Directors habhaft zu werden, der gerade mit dem Pastor in einer sehr eifrigen Debatte über die Einführung von Futterkräutern in die Colonie verhandelte.

Die Frau Gräfin ging mit Herrn von Pulteleben Arm in Arm im Saale auf und ab, während Jeremias gerade mit dem Kaffee hereingetreten war, und der Baron stand nicht weit von Felix an der Seite mit seiner Tasse und beobachtete Helene, die neben der jungen Frau Rohrland auf dem Sopha saß.

Die Gräfin schwelgte in dem Gefühl, ihren Zweck erreicht zu haben – die nächste Zeit war ihr wieder gesichert, und auf weiter dachte sie ja überhaupt nie hinaus.

»Ach, Jeremias,« rief Oskar, der sich bis jetzt damit beschäftigt hatte, einen defecten Stuhl als »Falle« irgendwo am Tische aufzustellen, mit der stillen Hoffnung, daß sich Jemand darauf setzen würde – »thun Sie mir den Gefallen und holen Sie mir ein Glas Wasser – ich werde Sie königlich belohnen!«

»So? Sie wollen mir wohl einen Orden geben?« sagte der kleine Bursche, ohne weiter Notiz von ihm zu nehmen – da hinten steht die Caraffe mit Gläsern – bitte, langen Sie zu – oder wollen Sie lieber den Kaffee haben? Der ist dünn genug.«

Die Frau Gräfin ging an Felix vorüber und warf ihm einen flüchtigen, sehr vornehmen Blick zu, vor welchem der junge Mann die Zähne fest zusammenbiß. Als sie sich wandte, verließ sie Herr von Pulteleben, um nach Helenen hinüber zu gehen. Wie die Dame wieder an Felix vorüberrauschte und mit dem Fächer dabei wedelte und Herrn Rohrland gnädig zuwinkte, der ihr das heruntergefallene Taschentuch aufgehoben, wandte sie sich plötzlich gegen den jungen Grafen, und in einer imposanten

Stellung vor ihm haltend, und ihn vom Kopfe bis zu den Füßen musternd, sagte sie scharf:

»Apropos, mein Herr, wie war doch gleich Ihr Name – ah, ja, Randolph – wo habe ich Sie eigentlich schon gesehen, denn Ihr Gesicht kommt mir merkwürdig bekannt vor. Waren Sie nicht einmal Commis auf Santa Catharina?«

»Es wundert mich kaum, daß Sie mich nicht mehr kennen, Madame Baulen,« sagte Felix und sah sie fest an, »denn als Sie den Dienst meiner Mutter verließen, trug ich noch keinen Bart. Mein Name ist Felix Randolph, Graf von Rottack.«

Er sprach das Erste mit nur halblauter Stimme, seinen Namen jedoch klar und deutlich, wie für die ganze Gesellschaft bestimmt. Hätte aber ein Erdbeben das Haus in seinen Grundfesten erzittern machen, und Wände und Decke durch einander geworfen, die Frau Gräfin Baulen würde nicht mehr und furchtbarer erbebt sein, wie sie jetzt, an allen Gliedern gelähmt, vor ihm stand, und ihn mit stieren, entsetzten Blicken anstarrte.

»Um Gottes willen, was ist Dir, Mama?« rief Helene, welche in diesem Augenblicke auf sie zuflog und sie mit ihren Armen stützte.

»Nichts als ein leichtes Unwohlsein,« sagte Graf Rottack kalt, verbeugte sich flüchtig und schritt auf Günther zu, der eben mit dem Director gesprochen hatte. Er nahm auch ohne Weiteres dessen Arm und führte ihn vor die Thür hinaus.

»Willst Du fort?« fragte dieser.

»Ich sagte Dir vorhin, daß ich schon zu lange geblieben bin,« erwiderte Felix, und ihre Hüte von den Haken nehmend, schritten die beiden Freunde in die Nacht hinaus.

Die Gräfin hatte sich indessen gewaltsam gesammelt, und ihr Auge scheu umher werfend, traf ihr Blick den des Barons, welcher ein sehr erstaunter Zeuge der ganzen Scene gewesen, aber leider etwas schwerhörig war, um Alles genau zu verstehen. Nur den letzten Namen hatte er vernommen. Er trat indessen rasch auf sie zu und fragte artig:

»Ist Ihnen nicht wohl, meine Gnädige? Wenn die Comtesse vielleicht ein wenig englisches Salz in der Nähe hätte.«

»Ich danke Ihnen, Baron,« wies aber die Gräfin die Hülfe zurück – »ich danke Dir, mein Kind – »es ist schon vorüber. Meine albernen Nerven spielen mir manchmal einen solchen Streich.«

Herr von Pulteleben, welcher von der ganzen Scene gar Nichts gesehen und gehört hatte, da er sich gerade auf den von Oskar hingestellten Stuhl gesetzt und beinahe damit umgefallen wäre, schlug jetzt einen Spaziergang im Garten vor. Es war eine wundervolle Nacht, und er hoffte jedenfalls auf eine Promenade Arm in Arm mit seiner Braut. Die meisten Gäste waren aber müde, da sie heute den ganzen Tag auf der Auction zugebracht, der Director schien ebenfalls erschöpft, da er noch außerdem dem Wein sehr tüchtig zugesprochen, und es dauerte nicht lange, so rüstete sich Alles zum Aufbruche.

Eine kleine Verwirrung entstand jetzt, da durch irgend ein Versehen – Oskar war außer sich über Jeremias' Tölpelhaftigkeit – alle Tücher und Hüte an falsche Plätze und in die größte Unordnung gerathen waren. Aber auch das regulirte sich endlich, und während Oskar noch ein Wenig in den Garten ging, um dort unten in aller Bequemlichkeit und in der frischen Nachtluft seine Cigarre rauchen zu können, trat Herr von Pulteleben noch einmal in das Zimmer der Damen – hatte er doch jetzt ein Recht gewonnen, sich ihnen vertraulich zu nähern – und bat Helenen, daß sie ihm erlauben möchte, ihr noch einmal zu sagen, wie glücklich sie ihn heute gemacht habe.

»Bleiben Sie noch hier, lieber Arno,« sagte aber auch die Gräfin, denn sie nannte ihn von heute an vertraulich bei seinem Vornamen – »ich habe selber noch mit Ihnen zu reden, und zum zu Bette gehen ist es doch eigentlich noch zu früh.«

»Aber was hattest Du nur vorher mit dem jungen Fremden, Mama?« fragte Helene; »er verließ uns auch nachher so plötzlich.«

»Er hatte sich schon vorher bei mir empfohlen,« sagte die Mutter, die ihre ganze Fassung schon lange wieder gewonnen und ihren weiteren Plan entworfen hatte – »wir sind wirklich alte Bekannte von Deutschland her – er ist der Sohn einer Jugendfreundin von mir, der Gräfin Rottack.«

»Ein Graf Rottack?« rief Herr von Pulteleben erstaunt, und Helene sah ihre Mutter überrascht und fragend an.

»Ja – ist das etwas so Außerordentliches?« fuhr aber diese fort – »Randolph war nur sein Vorname, und er theilte mir eine erschütternde Nachricht mit – den Tod einer Verwandten von ihm, was mich etwas angegriffen hat. Übrigens will er hier nicht gekannt sein, lieber Arno, und ich bitte Sie darum, sich nicht merken zu lassen, daß ich sein Geheimniß verrathen habe – aber Sie gehören ja doch jetzt natürlich mit zur Familie. Was ich Euch Beiden nur noch sagen wollte – ich habe mir die Sache heute hin und her überlegt, und – da Ihr doch jetzt mit einander verlobt seid, so – thut es eigentlich kein Gut, die Sache zu lange hinaus zu schieben, und ich wünsche deshalb, daß die Hochzeit recht bald – so bald als irgend möglich gefeiert werde.«

»Beste Mutter, Sie machen mich so unendlich glücklich!« rief Herr von Pulteleben entzückt aus.

»Aber, Mama, das ist ganz gegen unsere Abrede,« sagte Helene, und ein eigenes eisiges Gefühl erfaßte ihr Herz.

»Liebes Kind,« sagte die Mutter, »die Verhältnisse reißen uns zu Zeiten mit fort, ohne daß wir sie nach unseren Wünschen regeln oder beherrschen können, und eben diese Verhältnisse zwingen uns, von hier fort und nach Santa Catharina zu ziehen.«

»Nach Santa Catharina?« rief Herr von Pulteleben erstaunt – »woraus schließen Sie das?«

»Ich habe den Gedanken schon einige Zeit mit mir herumgetragen,« fuhr die Gräfin fort, »da besonders für unser Geschäft Santa Clara ein Nichts weniger als passender Platz ist.«

»Aber wird die Insel besser sein, Frau Gräfin?«

»Entschieden – aber Du darfst nicht glauben, Helene, daß ich einen solchen Schritt leichtsinnig und auf das Gerathewohl thun würde, und ich habe mich vorher sorgfältig nach allen Verhältnissen der Insel erkundigt. Erstens bekommen wir dort Arbeiter billiger, dann haben wir die Auswahl unter den besten Tabakssorten, die gerade von dort aus in Massen nach dem Süden verschickt werden und viel billiger sind als hier, und dann – die Hauptsache – finden wir selber einen viel besseren Markt für unser Product, da wir von dort aus in directer Verbindung mit dem Süden, ja, selbst mit Montevideo und Buenos-Ayres stehen.«

»Aber, Mama, wenn Du Dich darin nur nicht irrst, und auf bloße Vermuthung hin eine solche Reise ...«

»Bloße Vermuthung – das Kind glaubt Nichts, Pulteleben, was sie nicht sieht – Sie werden noch Ihre rechte Noth mit ihr bekommen. So laß Dir denn sagen, daß ich, um g a n z sicher zu gehen, schon vor mehreren Wochen an die Präsidentin geschrieben und mit dem letzten Dampfer Nachricht bekommen habe, wie die Sachen dort stehen – und zwar sehr günstige Nachricht.«

»Aber der Brief, welchen Du erhieltest, war ja von Deutschland, mit dem kleinen Wechsel darin.«

»Das Kind bringt Einen noch zur Verzweiflung, Pulteleben,« lächelte die Mutter – »ich habe z w e i bekommen, einen von Deutschland und einen von Santa Catharina, den mir der Director selber mitgebracht; wenn Du dem aber, was i c h sage, nicht glauben willst, so sollst Du Dich wenigstens selber überzeugen – hole mir einmal den Brief herüber; er liegt auf meiner Toilette; der in dem gelben Couvert – es ist nur der eine da.«

Helene erhob sich, um den Auftrag auszuführen, als sie die Gräfin wieder zurückrief.

»Ach nein, bleib' da,« sagte sie, »ich habe ihn weggeschlossen.«

»Wenn Du mir den Schlüssel giebst, Mama, hol' ich ihn.«

»Nein, ich gehe selber, Du reißt mir sonst meine Papiere durch einander,« – und von dem Sopha aufstehend, ging sie in ihre Kammer, aus der sie gleich wieder mit dem gelb couvertirten Briefe zurückkam.

»Da,« sagte sie, indem sie der Tochter den Brief in den Schooß warf, »nun lies selber, was die Präsidentin schreibt. Danach werden Sie sich ebenfalls überzeugen, lieber Arno, daß wir wirklich gar nicht besser thun können, als nach der Insel überzusiedeln. Die Kosten sind unbedeutend, und wir

38

bringen in zwei Monaten reichlich die möglichen Mehr-Ausgaben wieder ein. Ehe wir aber diese Reise zusammen machen, werden Sie selber einsehen, daß es nöthig ist die Trauung vorher zu halten – schon des Geredes der Leute wegen. Nun, lies nur laut, Helene, Arno soll ebenfalls wissen, wie die Präsidentin über unseren Umzug denkt. Sie ist unendlich liebenswürdig, und bietet uns sogar an in ihrem Hause zu wohnen, bis wir uns eine eigene Wohnung hergerichtet haben.«

Helene hatte den Brief überflogen, und sah jetzt darüber hinaus ihre Mutter groß und starr an.

»Nun, was hast Du denn? So lies doch! Die Präsidentin schreibt doch eine ganz leserliche Hand. Aber ich vergaß – der Brief ist ja portugiesisch, und Sie verstehen ihn nicht, Arno – gieb ihn mir, ich werde ihn übersetzen.«

»Der Brief hier,« sagte Helene mit fast tonloser Stimme, ohne ihn aus der Hand zu geben, oder ein Auge von ihrer Mutter zu verwenden, »ist n i c h t von Santa Catharina.«

»N i c h t von Santa Catharina?« rief die Gräfin, sich erschreckt halb vom Sopha hebend – »dann – dann habe ich die Couverts verwechselt – gieb ihn mir – gieb ihn mir!« – und in einer Aufregung, die besonders Herrn von Pulteleben staunen machte, streckte sie die Hand nach dem Briefe aus.

»Laß ihn mir noch eine Weile, Mutter,« erwiederte aber Helene aufstehend – »er ist so interessant, daß ich ihn gern noch e i n m a l lesen möchte – gute Nacht!« – und ehe sie die Mutter daran verhindern, oder der verblüffte Bräutigam ein Wort dagegen einwenden konnte, schritt sie durch die Stube in ihr dicht daran stoßendes Zimmer und riegelte die Thür hinter sich ab.

»Aber ich begreife gar nicht,« sagte Herr von Pulteleben,

ebenfalls aufstehend und seine Schwiegermutter *in spe* etwas verdutzt ansehend – »was hat nur Helene? Sie war ja auf einmal so furchtbar ernst geworden?«

Die Gräfin wollte Etwas darauf erwiedern – wollte Herrn von Pulteleben eine ausweichende Antwort geben, aber sie vermochte es in diesem Augenblick nicht.

»Ich bitte – lieber Arno – lassen Sie – lassen Sie mich jetzt allein,« sagte sie verstört – »ich habe mit dem Mädchen zu reden – Sie – Sie wissen, welche wunderlichen Launen sie hat.«

»Ich möchte um Gottes willen nicht stören,« sagte der junge Mann, indem er seinen Hut ergriff – »es sollte mir unendlich leid thun, wenn ich vielleicht ...«

»Es ist Nichts – Helene ist – ein verzogenes Kind.«

»Aber liebenswürdig verzogen,« lächelte Herr von Pulteleben in einem vollständig mißglückten Versuch, dem Gespräch eine freundlichere Richtung zu geben. Er fühlte selber, daß er in diesem Augenblick hier unten total überflüssig sei – wenn er auch noch lange nicht begriff weshalb, und in tiefen Gedanken stieg er die Treppe zu seinem eigenen Zimmer empor und legte sich zu Bett. Kaum hatte er das Zimmer verlassen, und die Gräfin hörte ihn auf den knarrenden Stufen, als sie an Helenen's Thür ging, und dort – fast wie schüchtern – anklopfte.

»Helene!«

Keine Antwort von innen. Sie pochte stärker.

»Helene! – Mach' auf – laß uns vernünftig mit einander reden.«

Keine Antwort. Im Zimmer war Alles todtenstill, und doch konnte sie durch das Schlüsselloch erkennen, daß das Licht noch drinnen brannte.

»Helene! Sprich wenigstens mit mir!«

Kein Laut tönte von innen heraus, und seufzend wandte sich die Frau Gräfin endlich ab und suchte ihr eigenes Lager.

3.
Auf Köhler's Chagra.

Es war noch früh am Morgen des nächsten Tages, als schon in Bohlos' Hotel die Pferde für Herrn von Schwartzau und seinen Begleiter, so wie die nöthigen Packthiere gesattelt und vorgeführt wurden, denn Günther schien jetzt ernstlich gewillt, seine noch nöthigen Arbeiten aus allen Kräften vorzunehmen und zu beenden, um damit seine sechsjährige Thätigkeit in Brasilien abzuschließen.

Baron Jeorgy, welcher dem Hotel schräg gegenüber wohnte, hatte diese Zurüstungen gesehen, sich angezogen – er machte überhaupt jeden Morgen zu einer genau bestimmten Zeit einen genau bestimmten Spaziergang – und war hinuntergegangen, zögerte aber heute, seine gewöhnliche Bahn einzuschlagen, und hielt sich noch in der Nähe des Hotels auf, als ob er Jemanden erwarte.

Indem er in der Straße auf und ab ging und hier und da vor einer Thür oder einem Fenster stehen blieb, um mit den dort wohnenden Handwerkern ein paar huldvolle Worte zu wechseln – er zeigte sich gern herablassend, wo er genau wußte, daß er seiner Stellung Nichts vergab – kam er auch zu Pilger's Fenster, der dahinter still und allein bei seiner Arbeit saß, und den hineingerufenen Gruß freundlich aber nur kurz erwiederte.

»Nun, Pilger, wie geht's?« sagte der Baron, indem er seine Hand auf das Fensterbret legte – »immer so fleißig?«

»Muß wohl, Herr Baron,« sagte der Mann, ohne von seiner Arbeit aufzusehen, »um das Bißchen Brod zu verdienen und – die Zeit todt zu schlagen. Was soll man anders thun?«

»Hm,« sagte der Baron, der mit dieser Ansicht vom »Zeit todt schlagen« nicht so ganz einverstanden schien – »ja – ist eigentlich ein einsames Leben in der Colonie.«

»Das weiß Gott!« seufzte der Mann aus voller Brust vor sich hin, und stach nur so viel eifriger in das Leder.

»Apropos,« fuhr der Baron fort, der durch den Seufzer an die Familienverhältnisse des Schuhmachers erinnert wurde – »Nichts wieder gehört von Eurem Proceß?«

»Mit der Geistlichkeit?«

»Ja.«

»Nicht das Geringste und – werde auch wohl Nichts wieder darüber hören, als daß Alles beim Alten bleibt. Der neue Director will so Nichts damit zu thun haben, weil er meint, gegen die Gesetze des Landes ließe sich nicht ankämpfen – der alte hätte mir vielleicht besser beigestanden. Der Herr Pastor zuckt ebenfalls mit den Schultern, da – hab' ich denn natürlich Unrecht, und kann meine Schuhe ruhig weiter flicken.«

»Böse Geschichte,« sagte der Baron, welchem das Gespräch unangenehm wurde – »sehr böse Geschichte! Na, guten Morgen, Pilger!«

»Guten Morgen, Herr Baron,« sagte der Mann, an sein Mützchen greifend, ohne jedoch weiter von dem Herrn Notiz zu nehmen.

Die Straße herunter kam ein anderer Colonist, der Schneider Berthold, der für den Baron arbeitete.

»Guten Morgen, Herr Baron! Wissen Sie's schon?« sagte der Mann, indem er vor dem Baron stehen blieb und seine

Mütze abzog.

»Guten Morgen, Meister Berthold – ob ich w a s weiß?«

»Der Justus ist fort – der Kernbeutel, mein' ich, der andere Schneider – den verrückten Kerl haben Sie ja doch gekannt?«

»Fort? Wohin? Durchgegangen?«

»Niemand weiß es,« sagte der Mann. »Er war neulich Abends von Haus fortgegangen, um Zuhbel auf seiner Chagra zu besuchen, dort hat aber Niemand Etwas von ihm gesehen, und er ist auch seit der Zeit – es sind nun schon ein paar Tage her – nicht wieder nach Haus gekommen. Die Frau jammert nun und wehklagt, daß er sie ohne einen Groschen Geld habe sitzen lassen, und die Soldaten sind heute Morgen in der Nachbarschaft herumgeschickt, um nach ihm zu suchen, denn er ist Gott und der Welt schuldig, der Lump!«

»Hm, hm, hm, was man nicht Alles hört – guten Morgen, Meister!« sagte der Baron, und brach das Gespräch kurz ab, denn in Bohlos' Hotelthür erschien eben der junge Fremde, der sich hier in der Colonie unter dem Namen Randolph eingeführt, und trat zu seinem Pferd, um dessen Gurt noch einmal nachzuziehen. Der Baron kam an der nämlichen Seite der Straße herauf, als ob er nur zufällig dort vorbeiging, und als er dem jungen Mann gegenüber war, blieb er stehen wandte sich gegen ihn und sagte lächelnd:

»Ei, guten Morgen, mein junger Freund. Der gestrige Abend scheint Ihnen gut bekommen zu sein, daß Sie so früh schon wieder zur Reise gerüstet sind.«

»Ah, guten Morgen, Herr Baron – auch schon auf?«

»In meinem Alter muß man sich an ein regelmäßiges

Leben gewöhnen, wenn man gesund bleiben will,« sagte achselzuckend der Baron. Sie jungen Leute können freilich noch mit Ihrem Körper machen was Sie wollen, ohne augenblicklich dafür gestraft zu werden. Aber wo soll die Reise hingehen, wenn man fragen darf?«

»In den Wald,« sagte fröhlich der junge Graf, indem er den Baron leicht auf die Schulter schlug – »in den Wald, mein lieber Herr, daß ich einmal eine Zeit lang keine Schornsteine und Glasscheiben mehr zu sehen brauche. – Ich gebe Ihnen mein Wort, ich habe einen wahren Ekel vor der Civilisation.«

»Dann wollen Sie wohl unter die Indianer gehen?« lächelte der Baron etwas verlegen, denn diese Ansichten waren ihm zu barock, als daß er ihnen hätte folgen können.

»Vielleicht,« lachte Felix – »und ich glaube bei Gott, ich passe besser zu i h n e n , als in diese erlogenen und künstlichen Verhältnisse, die wir im gewöhnlichen Leben die G e s e l l s c h a f t nennen.«

»Das sind ja wahrhaft haarsträubende Ansichten,« sagte der Baron schmunzelnd, »aber – ehe wir Sie denn für immer verlieren, um da draußen im Walde mit Federschmuck und Blasrohr umher zu laufen – und wenn Sie zurückkommen, müssen Sie mir das einmal vormachen, wie sich die Indianer auf den Rücken legen und den Bogen mit den Füßen spannen, um einen Vogel aus der Luft zu schießen – möchte ich noch eine Frage an Sie richten, lieber G r a f.«

»G r a f?« sagte Felix und drehte sich ihm rasch zu.

»Bst, bst,« lächelte der Baron – »ich weiß recht gut daß Sie ein Schelm sind – hier mein kleiner Finger hat es mir gesagt – aber ganz unter uns, versteht sich, wenn Sie nicht selber mit dem Ihnen gebührenden Rechte hier auftreten wollen – doch – eine Frage müssen Sie mir beantworten, ehe Sie gehen« – und er schob dabei seinen Arm in den des jungen Grafen und führte ihn etwas die Straße hinauf, denn er wollte sicher sein, daß sie nicht gleich gestört würden.

»Und die ist? Ich bin doch begierig.«

»Glauben Sie auch um Gottes willen nicht,« wehrte der Baron im Voraus jeden falschen Verdacht ab, »daß ich aus bloßer ungerechtfertigter Neugierde frage, denn ich bin ein intimer Freund der Frau Gräfin Baulen und der liebenswürdigen Comtesse, und nehme deshalb den innigsten Antheil an ihrem Wohlergehen.«

»Das ist eine lange Vorbereitung, Herr Baron.«

»Ich komme gleich zur Sache – Sie – machten gestern Abend der Frau Gräfin eine Entdeckung.«

»Sie standen in der Nähe?« sagte Graf Rottack und sah ihn scharf an.

»Hm – nicht unmittelbar – zufällig – die Frau Gräfin schien sehr bestürzt darüber – auffallend bestürzt – ich habe sie in der That so noch nie gesehen, denn sie ist eine sehr resolute und charakterfeste Dame.«

»Es schien so,« erwiederte der junge Mann, der fest entschlossen war, dem Baron n i c h t auf halbem Wege entgegen zu kommen.

»Hm ja,« fuhr der Baron augenscheinlich verlegen fort, denn er wußte nicht, wie er auf die geschickteste Weise sein Ziel erreichen sollte – »ich – ich muß Ihnen nur gestehen, lieber Graf – aber ich gebe Ihnen nochmals mein Wort, auch ohne den leisesten, unfreundlichen Hintergedanken – daß ich schon seit einiger Zeit – ich weiß eigentlich selber nicht recht, weshalb – den Verdacht gefaßt hatte, daß ....«

»Daß?«

»Daß die Frau Gräfin – daß der Rang der Frau Gräfin, wollte ich sagen – verstehen Sie mich vielleicht?«

»Noch hab' ich keine Ahnung,« lächelte Felix, den die Verlegenheit des Barons amüsirte.

»Es ist eine kitzliche Sache, darüber zu reden – ich gebe es zu,« fuhr der Baron also gedrängt fort, indem er langsam seine Hände in einander rieb, als ob er sie bildlich in Unschuld waschen wollte – »und unter anderen Verhältnissen möchte ein Eingehen darauf vielleicht nicht einmal gerechtfertigt erscheinen.«

»Stehen Sie in einem V e r h ä l t n i s s e, Herr Baron?«

»Mißverstehen Sie mich um Gottes willen nicht!« rief dieser rasch und ordentlich erschreckt. »Ich gebe Ihnen mein Ehrenwort, es ist kein persönliches Interesse, sondern nur das, was ich an der Aufrechterhaltung des S t a n d e s im Allgemeinen nehme. J e tz t haben Sie mich doch verstanden?«

»Nicht um ein Jota mehr, als früher,« erwiederte der junge Graf mit einem boshaften Lächeln.

»Gut,« sagte der Baron entschlossen, »dann zwingen Sie mich, deutlich zu reden, denn die Sache ist in der That zu wichtig. Lassen Sie mich also ganz aufrichtig sein und ich erwarte nachher das Nämliche von Ihnen, denn wir Beide s i n d es unserem Stande schuldig.«

»Sie spannen mich wirklich auf die Folter.«

Der Baron erfaßte des Grafen Arm, blieb vor ihm stehen, sah ihm fest in's Auge und sagte:

»Hat die Frau Gräfin von Baulen wirklich den Grafenrang?«

»Aber, lieber Baron,« bat jetzt seinerseits der junge Mann, »ich bin heute Morgen wirklich in Eile, denn Schwartzau wird den Augenblick herunter kommen. Die Pferde sind, wie ich sehe, schon gepackt, und Sie thun mir einen wesentlichen Gefallen, wenn Sie alle Kleinigkeiten bei Seite lassen und mir gerade heraus sagen, um welchen w i c h t i g e n Gegenstand Sie mich fragen wollten.«

Der Baron stand, ein Bild sprachlosen Erstaunens, vor Felix.

»Und ist Ihnen d e r Gegenstand n o c h nicht wichtig genug?« brachte er endlich mühsam heraus.

»Und das war wirklich Alles, was Sie von mir wissen wollten?« lachte der junge Mann jetzt gerade heraus.

»Alles,« sagte der Baron, völlig vernichtet.

»Dann thut es mir in der That leid, Ihnen keine b e s t i m m t e Antwort darüber geben zu können, und ich muß Sie – wieder auf Ihren kleinen Finger verweisen. – Da kommt auch schon Schwartzau mit Könnern – wir müssen fort – also auf Wiedersehen, lieber Baron!« und mit den Worten ließ er den über solche Gefühllosigkeit völlig empörten Mann mitten auf dem Wege stehen, schwang sich in den Sattel und sprengte gleich darauf mit Günther und von den Packthieren und ihren Treibern gefolgt, die Straße hinauf. –

Könnern, der seine Bekanntschaft mit Felix von jenem Morgen im Walde erneuert hatte, war nur mit herunter gekommen, die Freunde abreiten zu sehen. Ihn selber drängte es, allein zu sein, wenigstens nur mit fremden, gleichgültigen Menschen zu verkehren, mit denen er über alltägliche Dinge sprechen konnte. Das Herz war ihm noch so schwer – so schwer und der Gedanke dabei peinlich, selbst von dem besten Freund bemitleidet zu werden.

Sein Pferd hatte er sich indessen auch vorführen lassen, stieg auf und ritt langsam und im Schritt dieselbe Straße hinab, die er mit Günther gekommen war, als sie zum ersten Mal die Colonie betraten. Er war damals so leichten Herzens – so glücklich gewesen – er wollte die Stunden noch einmal durchleben in der Erinnerung; war ihm doch Nichts weiter geblieben auf der Welt, als an g e h o f f t e s Glück z u r ü c k zudenken.

So ritt er langsam aus der Colonie hinaus bis zu dem Fuß des Gebirgszuges, der in einzelnen Abläufern seine Hänge in's niedere Land dehnte, dann den schmalen Pfad hinauf, der die noch immer nicht ausgebesserte und geborstene Brücke umging, und hielt erst wieder, als er den freien Kopf erreichte, von dem man eine Aussicht über die ganze Colonie Santa Clara und die benachbarten Hügelgruppen gewann.

Und mit anderen Augen schaute er jetzt hinab, als damals, wo er sich zuerst dem fremden Platze näherte; wie suchte der umherschweifende Blick so rasch den kleinen, von hier aus kaum erkennbaren Punkt, in dem er Alles gefunden was das Menschenherz zu fassen vermag, Glück und Liebe – und Alles wiederum verloren hatte – Glück und Liebe.

Da drüben lag der sonst so freundliche Platz stumm und öde – da unten in dem Strom, dessen Lauf das dunkle, saftige Laub der Bäume zeigte, ruhte die Mutter, die Reue und Verzweiflung in die Fluth gejagt, und da drüben zwischen jenen lichten Höhenzügen irrte vielleicht jetzt das arme süße Kind umher, das seinem ganzen Leben Glück und Frieden bringen sollte und jetzt – wenn auch mit zitternder Hand – den Wanderer wieder allein und freundlos hinausgestoßen hatte in dieses Leben.

Und was wollte er selber jetzt noch hier? Warum spornte

er sein Pferd nicht einer andern Gegend zu, nur um sich hier in nutzlosem Gram und Kummer zu verzehren? Er wußte recht gut wie wenig Hoffnung ihm geblieben war, sie je wiederzusehen, aber er hatte auch den Muth nicht sich jetzt schon freiwillig aus ihrer Nähe zu verbannen. So lange er sich noch in dem Bereich des Platzes wußte, in dem er ihr stilles, häusliches Wirken gesehen, ihre liebe Stimme gehört, in ihre treuen Augen geschaut hatte, so lange war es ihm, als ob er noch nicht ganz verlassen sei, als ob sie wiederkehren m ü s s e, um ihr Haupt an seine Schulter zu legen und mit leiser, zitternder Stimme seinen Namen zu nennen.

Fort, fort mit den Gedanken! – Das bittere Gefühl der Verlassenheit stach ihn wie ein Dolch in's Herz, und sein Pferd herumwerfend, als ob er auch seiner Erinnerung entfliehen könne, wenn er den theuren Platz selber nicht mehr vor sich sah, sprengte er den Weg entlang und sah sich plötzlich seinem alten Bekannten, dem jungen Bauer Köhler gegenüber, in dessen Haus er an jenem Tage ebenfalls eingekehrt war und dem er sogar versprochen hatte, ihn zu besuchen. Lieber Gott, was hatte er nicht Alles vergessen und vergessen m ü s s e n in der Zeit!

Desto besser schien es aber der junge Bauer im Gedächtniß behalten zu haben, denn er erkannte kaum den Reiter, als er ihm auch freundlich entgegenrief:

»Na, das ist recht daß Sie Wort halten, wenn es auch ein Bißchen lang gedauert hat. Meine Alte wird sich auch freuen, Sie einmal wiederzusehen, denn wir haben noch oft und viel von Ihnen gesprochen. Und wie ist's gegangen in der Colonie?« fuhr er fort, als er zum Pferd trat und Könnern herzlich die Hand schüttelte. »Gut, nicht wahr? Und der Graue sieht auch prächtig aus. Dem ist da unten Nichts abgegangen, wie es scheint. – Aber so steigen Sie doch nur ab; Sie wollen doch wahrhaftig nicht im Sattel sitzen bleiben?«

Eine Weigerung hätte Nichts geholfen, das sah Können recht gut ein. Die Einladung war auch so treuherzig geboten – er hätte dem guten Menschen schon nicht weh' thun mögen, selbst wenn es ihm auch nicht recht gewesen wäre, einmal eine halbe Stunde hier zu plaudern, und seinen eigenen Trübsinn zu vergessen.

Und wie freundlich wurde Können von der lieben jungen Frau empfangen!

»Das ist gescheidt,« sagte diese, als er das Zimmer betrat und ihr die Hand entgegenreichte – »das ist grundgescheidt von Euch, daß Ihr Euch auch wieder einmal bei uns sehen laßt, und da unten bei den Grafen und Baronen nicht gar so stolz geworden seid. Aber Ihr seht schlecht aus,« setzte sie rasch hinzu und sah ihn forschend an – »gar schlecht seht Ihr aus, blaß und eingefallen, und lange nicht mehr so frisch und munter wie damals, als Ihr zum ersten Mal bei uns war't. Seid Ihr krank gewesen? Der Platz ist doch eigentlich sonst gesund genug?«

»Krank wohl nicht,« antwortete Können ausweichend – »vielleicht der Klimawechsel. Aber was macht Euer kleiner Bursche? Geht's ihm gut?«

»Da liegt der Schlingel in dem Bettchen drin,« sagte die Frau, mit einem glücklichen Lächeln auf den Liebling zeigend – sie hatte im Nu alles Andere darüber vergessen. »Da liegt er und thut als ob's gar keine Arbeit auf der Welt gäbe, und die Mutter nur zu i h m springen müsse, sobald er die großen Guckaugen und das kleine Mäulchen aufthut.« – »Aber setzt Euch,« fuhr sie rasch fort, und sah sich dabei im Zimmer um – »Ihr werdet hungrig sein nach dem Ritt, und es sieht auch heute Morgen noch so wild bei uns aus – freilich, Besuch hatten wir so früh noch nicht erwartet, und es giebt gar so viel im Hause zu thun, und noch dazu, wenn man so eine kleine Plage dabei hat, die einen geradezu von Allem abhält, was man thun möchte.«

»Aber Ihr möchtet sie doch nicht missen?«

»Den Jungen da?« rief die Frau ordentlich erschreckt aus – »da sei Gott vor, daß ich den Buben je wieder missen müßte – ich glaube, ich – aber ich will's auch nicht einmal denken. Was Ihr nur auch für Reden führt!«

»Na, da setzt Euch her und frühstückt ein Bißchen,« sagte der Mann, »und ich gehe derweil in's Feld hinaus, wo ich 'was zu besorgen habe. Nachher komme ich wieder herein, und dann schwatzen wir noch Eins zusammen.«

»Dann gehe ich lieber jetzt mit Euch in's Feld,« sagte Könnern, »denn Kaffee habe ich schon getrunken, ehe ich unten wegritt.«

»Desto besser,« rief der junge Bauer, den das augenscheinlich zu freuen schien, »dann zeig' ich Euch vorher einmal meine Felder draußen – wir haben tüchtig geschafft die Zeit, in der ich da oben bin, und nachher frühstücken wir mit einander. Es schmeckt auch gleich besser, wenn man sich erst ein Bißchen Bewegung gemacht hat.«

»Jetzt lauft Ihr wieder Alle fort,« sagte die junge Frau, »und ich kann allein bleiben – ist das auch ein Besuch? Aber der kleine Bengel da wird doch bald kommen, dann hab' ich alle Hände voll zu thun, bis dem erst der Schreihals gefüllt ist. – So macht nur daß Ihr wiederkommt. Grüß' Gott, Fremder!«

Könnern ging schweigend neben dem jungen Mann in den Hof hinaus, sah, wie dieser dort sein Pferd absattelte und in den kleinen Weidegrund jagte, und folgte ihm dann in das Feld.

»Ihr seid so still heute,« sagte der Mann – »fehlt Euch wirklich Etwas?«

»Nein,« erwiederte Könnern mit einem wehmüthigen Lächeln – »das Einzige ausgenommen, was I h r habt und mir kein Arzt der Welt geben kann – eine glückliche Häuslichkeit.«

»Ei,« lachte der junge Bauer, »dazu hab' ich a u c h keinen Arzt gebraucht; die macht man sich eben selber.«

»Wie man's trifft,« seufzte Könnern – »Ihr aber habt das große Loos gezogen mit der Frau.«

»Sollt's denken,« schmunzelte der junge Bauer vergnügt vor sich hin, »'s ist ein Prachtweibel, und immer bei der Hand, immer guter Laune – ich kann eigentlich gar nicht sagen, wie glücklich ich mit ihr bin. – Und der Junge – ist das nicht ein Prachtkerl – habt Ihr schon einmal einen solchen Jungen gesehen? – Aber der Alten darf ich's nicht merken lassen, daß ich so stolz auf ihn bin, sonst neckte sie mich bis auf's Blut – und das kann sie – das versteht sie aus dem Grunde.«

Der junge Mann schwatzte noch immer so fort von seinem Familienglück, bis sie schon weit draußen im Feld waren, und Könnern schritt schweigend an seiner Seite dahin und sah im Geist, wie Elise mit dem Vater hinaus in den dunkeln Wald zog – freudlos und allein – sah sie mit wunden Füßen und krank in einer Hütte liegen – sah den Vater über sie gebeugt, der ihr nicht helfen konnte und ihren Kummer, ihre Sorge nur vermehrte, und hielt dabei krampfhaft sein eigenes Herz mit der rechten Hand gefaßt, daß es ihm in Jammer und Weh die arme Brust nicht von einander sprengte.

Draußen im Feld nahmen seines Führers Gedanken aber eine andere Richtung, denn er hatte auch Freude an seiner Arbeit, die sich ihm trefflich auf dem guten Land belohnte.

»Da, sehen Sie her,« sagte er, als sie eine dichte Hecke von wildverwachsenen Quittenbäumen durch ein kleines Thor passirt waren – »da habe ich einen Versuch gemacht, und Sorgho[1] zu Viehfutter gesteckt – und wie ist das aufgegangen, und wie giebt's aus! Das ist ein famoses Gewächs, das jeder brasilianische Bauer ziehen sollte – und wie leicht ist's zu behandeln! Wie den Mais legen wir ihn in den Boden, drei Spannen im Quadrat etwa, halten das Unkraut weg und den Boden locker, und nach acht Wochen schon schneid' ich ihn zum ersten Mal. Aber er giebt nicht nach. Als ob er sagen wollte: »Nu erst recht!« treibt er noch viel mehr Stengel als vorher, die nach vier oder fünf Wochen schon wieder geschnitten werden können, und dann kommt er in einem ordentlichen Busch aus dem Boden heraus. Mein Vater hat mir versichert, daß er seinen Sorgho schon in Einem Jahr f ü n f mal geschnitten hätte.«

»Und verlangt er guten Boden?« fragte Könnern, dem es wohl that, daß der Mann nicht mehr von seiner Familie erzählte.

»Nicht besonders – leichter Boden thut's, und selbst Hitze und Trockenheit hat dem Zeug Nichts an. Gott weiß, wo es den Saft alle herbekommt. – Und sehen Sie 'mal, was daneben für ein Wälschkorn gestanden hat – was für Stengel – ja, das muß wahr sein, der Boden hier ist eine wahre Pracht, und ich habe ihn merkwürdigerweise da oben viel besser als die im Thal unten; aber Arbeit kostet's auch, und das Unkraut herauszuhalten ist schwere Müh', und ordentlich als ob's hinter einem wieder herauswüchse, wenn man's eben erst ausgerissen hat.«

»Zuhbel drüben klagte, daß sich das Land nicht zum Bau

von Futterkräutern eignete.«

»Zuhbel,« lachte der junge Mann, »der klagt über Manches, und lobt Nichts als seinen eigenen Wein – gerade aus Widerspruch, weil's eben kein Anderer thut. Nein, wir können hier bauen was wir wollen, es geräth Alles – wenn's nur ordentlich behandelt wird, natürlich. – Nur mit dem Weizen hat's uns Allen nicht so recht glücken wollen. Im Anfang, ja, da ging's gut, und wir glaubten schon, wir hätten gewonnen, aber nachher gab's auf einmal aus, und was man auch thun mag, es will nicht mehr vorwärts damit. Aber was schadt's, desto bessere schwarze Bohnen ziehen wir, Kartoffeln, besonders süße, nach Herzenslust, Maniok, Erdnüsse und recht guten Reis; da kann man's zur Noth auch schon ohne den Weizen aushalten, mit dem sie weiter unten im Süden doch mehr ausrichten als wir hier.«

»Und wie steht's mit dem Tabak?«

»Gut – von der Art wenigstens wie er hier wächst. Ich hab' ganz hübschen Tabak gebaut, und auch gut in die Stadt hinein verkauft, aber – ob wir hier nicht recht mit den Blättern umzugehen wissen, oder an was es sonst vielleicht liegt – der ganze Tabak taugt eigentlich nicht viel, und die Cigarren, die wir manchmal mit einem Schiff von anderen Ländern herüber bekommen, sind doch ein ander Ding; selbst viel besser als die von Bahia.«

»Und wie hübsch und sauber die Chagra eingerichtet ist,« sagte Könnern, der den Blick mit Vergnügen über die reinlichen Felder und die guten Umzäunungen gleiten ließ – »man sieht doch gleich, wo eine deutsche Hand gearbeitet hat.«

»Nun,« lächelte Köhler, »ich bin zwar ein Brasilianer, das heißt im Lande geboren, aber das deutsche Blut steckt freilich drin, und wie wir's daheim gesehen und gelernt haben, so machen wir's eben nach, wenn wir selber selbstständig werden.«

»Euer Vater hat Vermögen mit nach Brasilien gebracht?«

»Nicht eine rothe Kupfermünze, aber Schulden dafür genug,« lautete die Antwort. »Nein, er kam damals mit einer ganzen Ladung Bauern, alle vom Hundsrück in Deutschland und arm genug, herüber, nur mit einer Frau und zwei Kindern – meiner Mutter und den beiden ältesten Brüdern. Die Regierung gab ihm ein Stück Land, was sie hier eine »Colonie« nennen, und auch noch Subsidiengelder, daß er sich die erste Zeit über Wasser halten konnte. Ackergeräthe bekamen sie ebenfalls von der Regierung, und nun ging's her über die Bäume, und Land wurde klar gemacht, daß es eine Lust und Freude war. Die Arbeit lohnte auch. Alle die armen Teufel, die daheim nicht das Brod zum Brechen und Sorgen und Kummer genug gehabt, wie mir mein Vater oft erzählt, bauten sich zuerst eine nothdürftige Hütte und dann ein ordentliches Haus, vergrößerten ihre Felder, sahen ihre Heerden sich vermehren – und ihre Kinder auch, und fanden plötzlich, daß sie gar nicht mehr alle zusammen Platz auf der alten Chagra hätten. Mein Alter – und viele andere Alte machten es eben so – schickte aber nicht etwa seine ältesten Söhne hinaus, um sich einen neuen Platz zu gründen, nein, er kaufte von der Regierung eine andere Colonie für sich selber, auf der er wieder frisch an zu wirthschaften fing, weil er sich nicht überreden konnte, daß es die Jungen eben so gut verständen, wie er. Jetzt ist er freilich zu alt geworden, um noch einmal von vorn anzufangen, und wie i c h flügge wurde, ließ er mich hinaus, um mein eigen Nest zu bauen.

»So haben wir uns denn vermehrt und ausgebreitet, und wenn Ihr hier in der Gegend und in vielen anderen Gegenden Süd-Brasiliens herumfragt, werdet Ihr überall

Leute finden, die sich wohl befinden in der Welt, und deren Eltern doch daheim nicht genug hatten, daß sie sich in der Woche ein halbes Pfund Fleisch gönnen konnten.«

Der junge Mann plauderte noch eine ganze Weile so munter fort und hatte besondere Freude daran, seinem Besuch zu erzählen, wie Der oder Jener vor fünf, sechs oder acht Jahren herüber gekommen sei und Nichts mitgebracht habe als sein Elend, und eine verkümmerte Familie, und wie gut es ihnen ginge. Dabei blieb er bald hier, bald da einmal stehen und zeigte dem Fremden die neue Anlage von Pfirsichbäumen, die das nächste Jahr schon wahrscheinlich tragen würden; dann den Flachs, den er für seine Frau gebaut, der aber nicht recht fortkommen wollte – und dann, nachdem er nach seinen Arbeitern gesehen, die wieder frisches Land urbar machten, führte er ihn zu dem Hause selber zurück, um ihm auch noch den Gemüsegarten und die Ställe zu zeigen – Ställe nämlich nur für die Mastschweine, die er mit dem Sorgho fütterte, denn das andere Vieh lief lustig draußen im Freien auf einem großen, eingezäunten Platz umher.

Der Garten selber stieß an ein kleines Dickicht alter Pfirsichbäume, an denen der frühere Besitzer Weinreben gepflanzt, die sich jetzt ganz erstaunlich ausgebreitet hatten. Köhler nannte den Platz »des Barons Laube«. Der Gemüsegarten selber lag dicht und unmittelbar hinter dem Hause, und nur die Fenster der Küche und Schlafkammer führten darauf hinaus.

Die beiden jungen Männer hatten übrigens kaum den Rand des Gemüsegartens erreicht, als ein eigenthümlich lautes Sprechen, fast wie ein Ruf aus dem Hause drang. Köhler zeigte gerade Könnern den trefflichen Blumenkohl, den er hier gezogen – er schwieg plötzlich und horchte nach dem Hause hinüber; es war Alles wieder still, nur das Kind

57

schrie.

»Was das für ein klinger Schlingel ist!« sagte er lachend; »die Frau hat den ganzen Tag mit ihm zu zanken, und er macht sich nicht s o viel daraus. – Ja, was ich gleich sagen wollte, der Blumenkohl hier ist meiner Frau größter Stolz, denn den hat« – wieder hielt er inne, denn nochmals kam aus dem Hause ein merkwürdiger Laut, der weit mehr einem ärgerlichen Schrei als einem Zanken glich.

»Jetzt wollt' ich doch drauf schwören, daß ich meinen Namen gehört hätte,« sagte Köhler, schritt aber dabei schon rasch dem Hause zu, wohin ihm Könnern folgte.

»Hans! Hans!« schrie es in dem Augenblick klar und deutlich, und mit zwei Sätzen waren beide Männer im Hause, denn etwas Ungewöhnliches m u ß t e dort geschehen sein.

Köhler sprang voran in die Stube, deren Thür nur angelehnt war, und blieb erstaunt mit einem lauten H a l l o h ? auf der Schwelle stehen, denn in dem Zimmer stand ein sehr anständig gekleideter ältlicher Herr, hatte s e i n e Frau umfaßt, die sich aus allen Kräften gegen ihn wehrte, und suchte sie mit dem einen Arme an sich zu ziehen, während er mit dem andern ein paar gut gemeinte Stöße parirte, welche sie nach seinem Gesicht führte. Bei dem Ausruf des Mannes ließ er freilich die Frau augenblicklich los, die, aufgeregt und erhitzt, mit funkelnden Augen und zitternden Gliedern ihrem Mann entgegen rief:

»Gut, daß Du da bist – schmeiß' mir einmal den Kerl hinaus!«

»Sie verstehen aber auch gar keinen Spaß,« lachte der fremde Herr verlegen, der jetzt sein Taschentuch heraus nahm und sich etwas Blut aus dem Gesicht wischte, denn die »Trine« schien nicht immer fehl getroffen zu haben.

Der Herr selber sah außerordentlich echauffirt und nichts weniger als erfreut aus, die beiden Männer in der Thür zu finden. Köhler selber war aber wirklich im ersten Augenblick so verblüfft, daß er gar nicht wußte was er thun oder sagen sollte, und kam eigentlich erst wieder zur Besinnung, als Können mit einem ironischen Lächeln bemerkte:

»Der Herr Director machen wohl eine Inspectionsreise durch die verschiedenen Colonien?«

»Also d a s ist der neue Director?« rief Köhler jetzt, der vor innerem Zorne gar noch nicht recht wußte, wo er zuerst anfassen sollte – »das ist der Lump, der den ehrlichen Sarno aus seiner Stelle gebissen hat und jetzt in den Colonien herumkriechen und Stänkereien anrichten will! Ei, da soll doch gleich ein heiliges Kreuzdonnerwetter ...«

»Herr Köhler, ich warne Sie wohlmeinend,« rief Herr von Reitschen, vor der auf ihn einschreitenden Gestalt aber doch zurückweichend – »ich sage Ihnen, ich habe nur einen Scherz ...«

»Ich mache a u c h nur Spaß,« sagte der junge Bauer, den Arm nach ihm ausstreckend und seinen Kragen erfassend – »nur zum Spaß will ich Sie einmal ein Bißchen vor die Thür setzen, daß Sie sich doch für das nächste Mal merken, wie man sich bei den Colonisten zu benehmen hat.«

»Herr Köhler – ich werde jeden gewaltsamen Angriff« – schrie der Director unter dem eisernen Griff des jungen Bauers – aber er kam nicht weiter; Können trat lächelnd zur Seite, als er vorbeigeschleppt wurde, als ob ihn irgend ein Maschinenwerk beim Kragen hätte, und im nächsten Moment flog er auch schon über die Schwelle mit unwiderstehlicher Gewalt hinaus, stolperte über ein paar dort liegende Stücke Feuerholz und fiel mit solcher Gewalt gegen einen jungen Orangenstamm, daß dieser eine ganze Menge seiner Früchte auf ihn herabschüttelte.

»Bitte, bedienen Sie sich,« lachte Köhler, der bei der ganzen Scene auch noch nicht einen Moment seine Ruhe verloren und selbst den Fluch vorher gerade so ausgesprochen hatte, als ob er »gesegnete Mahlzeit« sagte – »es ist doch wohl das letzte Mal, daß ich die Ehre hatte Sie hier oben bei mir zu sehen?«

Herr von Reitschen mußte fühlen welche traurige Rolle er hier oben spielte, und besonders peinlich war ihm natürlich dabei Könnern's Gegenwart, da er sich über das Andere würde viel leichter hinweggesetzt haben. Er sprang auch rasch in die Höhe, und ohne sich selber so lange aufzuhalten, seinen sehr beschmutzten Rock nur oberflächlich zu reinigen, ging er zu seinem Pferd, löste den Zügel, warf ihn über, stieg in den Sattel und sprengte, so rasch ihn das Thier trug, der Colonie wieder zu.

»Das ist doch ein Hauptlump,« sagte Köhler, als er sich nach Könnern umdrehte, der ein vollkommen ruhiger lächelnder Zeuge der ganzen Scene gewesen war – »hat er Dir weh gethan, Trine?«

»Ich hab' i h m weh gethan,« sagte die junge, prächtige Frau lachend, »und das blaue Auge und die blutige Nase wird er wohl eine Woche unten im Ort zu meiner Erinnerung tragen.«

»Das wird eine schöne Wirthschaft hier geben, wenn der das so forttreibt,« sagte Köhler kopfschüttelnd – »eigentlich hätt' ich ihm vorher die Jacke tüchtig aushauen sollen – es ist mir nur zu spät eingefallen – des guten Beispiels wegen, mein' ich.«

»Es ist so besser,« lachte Könnern, »und ich gebe Ihnen

mein Wort, die härteste Strafe für ihn war, daß gerade i c h daneben stand und Zeuge seiner Demüthigung sein konnte.«

»Nun, ich weiß nicht,« meinte Köhler, »so eine recht gesunde Tracht Schläge ist auch nicht so übel, und verdient h a tt e er sie.«

»Und aus dem FF,« bestätigte die Frau – »'s ist aber so auch vielleicht besser, denn nachher hättest Du am Ende mit den Gerichten zu thun gekriegt, und wenn's weiter Nichts gewesen wäre, hätt's Geld gekostet und Laufereien gemacht. Jetzt wird er schon das Maul halten und Dich ungeschoren lassen.«

»Das glaub' ich selber,« lachte der Mann.

»Und wie der Junge schrie, wie er mich anfaßte,« schmunzelte die Frau – »d a s ist ein Mordkerl – der wollte seiner Mutter Nichts zu Leide thun lassen. Wo war't I h r denn draußen?«

»Gerade kamen wir durch des Barons Laube und wollten Deinen Blumenkohl besehen, wie ich den Lärm drinnen hörte; aber wer denkt denn an so 'was?«

»Aber jetzt frühstückt,« sagte die Frau, denn sie waren indessen wieder in die Stube gegangen, und sie setzte den Jungen mitten in dieselbe auf die Erde – »ich hol' Euch gleich Alles herein – es ständ' schon auf dem Tisch, wenn der Lump nicht gekommen wäre – und wie er mich zugerichtet hat!« sagte sie, als sie an dem kleinen Spiegel vorbeiging, einen Blick hinein warf und sich dann die Haare wieder flüchtig in Ordnung brachte.

»Aber was wollt' er denn eigentlich?« fragte Köhler, der sich an den Tisch setzte und Könnern ebenfalls einen Stuhl hinrückte.

»Was weiß ich's,« sagte die Frau im Hinausgehen – »er fragte nach Dir, und wie ich ihm sagte, daß Du im Felde wärst, glaubte er wahrscheinlich, e r hätt's Preh! Der alte Esel!« und lachend warf sie die Thür hinter sich zu.

4.
Helene.

Am nächsten Morgen nach dem Verlobungsabend war Herr von Pulteleben sehr früh aufgestanden, um angezogen zu sein und keinen Augenblick zu versäumen, seine liebenswürdige Braut begrüßen zu können. Was hatte sie nur gestern Abend mit ihrer Mutter gehabt? Er hielt unwillkürlich mitten im Binden seiner Cravattenschleife ein, als er wieder an seinen gestrigen Abschied dachte – aber die alte Dame war ja oft so wunderlich und eigenwillig. Nur gestern Abend schien der Anlaß von Helenen selber ausgegangen zu sein, und wie sonderbar ernst dieselbe ausgesehen, als sie vom Tische aufstand und in ihr Zimmer ging.

Was nur in dem B r i e f e gestanden hatte? Der war jedenfalls schuld daran gewesen – aber wenn er Helene heute darum fragte, i h m sagte sie es gewiß, denn sie waren ja jetzt mit einander verlobt, schon beinahe so gut wie Eheleute, und Eheleute sollen ja nie Etwas vor einander geheim halten.

Eheleute – wie sonderbar dem jungen Mann das Wort, auf sich selber angewandt, vorkam – er wurde mit seiner Cravatte heute gar nicht fertig – Eheleute – wie ehrbar das klang und wie – wie solid und dauernd – und wie schnell sich das eigentlich Alles gemacht hatte – und wie wunderlich. Wenn er's recht überlegte, war Niemand daran schuld wie der Jeremias, der ihn hier gewissermaßen in das Stübchen eingeschmuggelt hatte. Herr von Pulteleben vergaß ganz seine Cravatte, ließ die beiden Zipfel rechts und links niederhangen und blieb mit gesenkten Händen nachdenkend auf seinem Stuhl sitzen.

Ob die – Schwiegermutter nicht darum gewußt haben sollte, daß er hier als Miethsmann hergebracht wurde? Wie eigenthümlich, daß ihm das jetzt gerade einfiel – aber eine Menge bezahlter Rechnungen, seidene Kleider – Putzsachen und tausend andere Dinge zuckten ihm hin und her durch den Kopf wie in einem geschüttelten Kaleidoskop, und wenn er es einmal einen Augenblick still hielt, formte sich aus all' den bunten durch einander zerstreuten Dingen doch immer nur wieder das eine Bild: die Schwiegermutter.

Es war eine außerordentliche Frau, so viel ließ sich in der That nicht läugnen, und Herr von Pulteleben dachte gar nicht daran es ihr abzustreiten – eine ganz außerordentliche Frau, und er konnte sich gratuliren, daß er eine so praktische Schwiegermutter bekam. Das sagte er sich selber nämlich, um sich zu überzeugen, und anderen Gedanken nicht Raum zu geben, die ihm trotzdem immer und immer wieder aufsteigen wollten.

Es war überhaupt eine ihm selber noch nicht einmal recht klar gewordene Thatsache, daß er nie an die Schwiegermutter a l l e i n , sondern immer in Verbindung mit ihr auch an G e l d denken mußte. So fiel ihm denn auch jetzt, in ganz natürlicher Reihenfolge, sein gegenwärtiger Cassenbestand ein und was die Hochzeit davon etwa wohl verschlingen würde. – Aber er hatte an seine Mutter geschrieben und der Brief war vorgestern mit einem Schooner nach Rio direct abgegangen. Die Mutter drückte schon noch ein kleines Capital aus dem Vater heraus, wenn sie erfuhr, daß ihr Arno unterdessen eine Comtesse geheirathet habe, die noch außerdem die einzige Erbin eines verkauften Rittergutes war. Und wie schön – wie bildschön war Helene, und wie stolz würden die Eltern auf sie sein, wenn er sie einmal mit hinüber nach Deutschland brachte!

Da klopfte Jemand – es war die Dorothea mit dem Kaffee; er mußte wahrhaftig seine Toilette beenden, und Helene war gewiß schon munter und unten im Garten, und lachte den Langschläfer nachher aus.

»Ist Comtesse Helene schon sichtbar?« fragte er die Magd, die mit dem einen Arme ein wahres Chaos auf dem Tisch zusammenfegte und mit der andern Hand das Kaffeebret darauf schob. Die Alte sah ihn aber nur verwundert an und sagte:

»Sichtbar?«

»Ist sie schon angezogen und auf?«

»Weiß ich nicht.«

»Im Garten war sie noch nicht?«

»Nee.«

»Hm,« sagte Herr von Pulteleben, sich vergnügt die Hände reibend, während die Alte wieder hinunter ging, »dann kann ich meinen Kaffee erst noch in aller Ruhe trinken – ist doch eigentlich der schönste Moment vom ganzen Tage.« Und damit setzte er sich an seinen Tisch nieder, um sein Frühstück einzunehmen. Glücklicher Weise hatte seine Braut diese letzte Bemerkung nicht gehört.

Nach dem Kaffee beendete er rasch seine Toilette und ging dann, als Geschäftsmann, vor allen Dingen in das Arbeitszimmer hinunter, wo heute übrigens nur drei Cigarrenmacher saßen. Die anderen hatten sich mit der Frau Gräfin gezankt und waren nicht allein weggeblieben, sondern der Eine von ihnen, gerade der beste Arbeiter, begann an dem nämlichen Morgen ein Concurrenzlocal aufzustellen, was der Frau Gräfin ernstliche Schwierigkeiten zu bereiten drohte.

Herr von Pulteleben dachte aber jetzt nicht an derlei prosaische Dinge; er war nur in das Arbeitszimmer gegangen, um nachher, wenn er die Schwiegermutter sprach, mit gutem Gewissen versichern zu können, er »sei schon unten gewesen«, und stieg dann die Treppe wieder hinauf, um bei Helenen anzuklopfen und zu fragen, ob sie nicht einen kleinen Spaziergang mit ihm machen wolle.

Es war indessen schon neun Uhr geworden und Helene um diese Zeit fast jeden Tag auf und im Hause; heute dagegen fand er ihr Zimmer noch verschlossen und bekam sogar nicht einmal eine Antwort.

Er ließ dann durch die Dorothea bei der Frau Gräfin anfragen, wie sie geschlafen hätte, alles Weitere der Frau Gräfin selber überlassend, und die Dorothea kam wieder heraus und sagte blos das eine Wort »gut« – weiter Nichts.

Herr von Pulteleben setzte dann seinen Hut wieder auf und ging sehr nachdenkend in den Garten hinunter, wo er wenigstens die Gewißheit erhielt, daß bei der Frau Gräfin wie bei Helenen die Fenster geöffnet seien – beide Damen waren also schon auf – an beiden Fenstern waren aber auch die Rouleaux noch herunter – also nach allen menschlichen Berechnungen die Insassen noch nicht zu sprechen.

Herr von Pulteleben fühlte sich dadurch beunruhigt – er wußte eigentlich selber nicht recht warum, es müßte denn eine Art von Ahnungsvermögen gewesen sein, was wir bei den Thieren Instinct nennen. Von diesem Instinct getrieben, ging er also einmal zum Baron hinüber, der seinen Spaziergang schon beendet hatte und eben seinen Kaffee trank, und hätte bei diesem zu keiner ungünstigeren Zeit vorsprechen können, denn der Baron war heute Morgen ganz ausnahmsweise sehr schlechter Laune. Der junge Mann hielt sich deshalb hier gar nicht auf, machte eine kleine Promenade um die Stadt herum und sprach dann einmal bei dem Director vor, den er eben von einem Spazierritt hatte zurückkommen sehen. Er ließ sich auch hier gar nicht melden, sondern folgte dem Herrn gleich hinauf und klopfte an, fand aber, daß er schon wieder einmal zur falschen Zeit gekommen sei.

Der Director, der wahrscheinlich mit dem Pferde gestürzt war, denn er hatte ein blau unterlaufenes Auge und eine geschundene Nase, mußte Herrn von Pulteleben's Verlobung von gestern Abend total vergessen haben, denn er ließ ihn nicht einmal hinein. Er öffnete nur halb, fragte ihn ziemlich barsch was er wolle, und drückte ihm dann die Thür wieder vor der Nase zu.

»Hol's der Henker!« dachte Herr von Pulteleben – denn dem sonst so gutmüthigen Menschen lief endlich die Galle über, »da geh' ich doch lieber auf mein Zimmer und lasse die Leute zu m i r kommen. Die behandeln Einen ja wie einen – als ob sie Einen auf der Straße aufgelesen hätten!« Und dem Entschluß die That folgen lassend, ging er rasch in seine eigene Wohnung zurück, zog seinen Rock aus, nahm sein Schreibzeug her und entwarf die Idee zu einem Epos, in dem er die Erbärmlichkeit des Menschengeschlechts schildern wollte.

Indessen bereitete sich unter ihm eine andere Scene vor. Oskar war vor etwa einer halben Stunde allein fortgeritten, und Helene, schon vollständig angezogen, aber in einem ganz einfachen Mousselinkleide, öffnete ihr Zimmer, ging zu dem ihrer Mutter hinüber und klopfte an.

»Wer ist da?«

»Ich bin's.«

»Gleich!« sagte die Stimme inwendig – »einen Augenblick nur,« und Helene hörte, wie drinnen ein paar Schiebladen hastig auf- und zugemacht wurden. Jetzt drehte sich der

Schlüssel im Schlosse und die Comtesse trat ein.

»Guten Morgen,« sagte Helene ruhig und kalt, und trat zum Fenster, um das eine Rouleau hinauf zu ziehen, und den Sonnenschein herein zu lassen.

»Guten Morgen, mein Kind,« sagte die Gräfin, die sich aber heute, der Tochter gegenüber, merkwürdig verändert benahm, denn sie schien ganz das hochfahrende, nachlässige Benehmen, das sie sonst selbst Helenen gegenüber beibehielt, abgelegt zu haben. Sie stand im Zimmer, sie zu begrüßen, rückte ihr sogar einen Stuhl und sagte:

»Du siehst heute Morgen bleich aus, Helene; hast Du schlecht geschlafen, mein Kind?«

»Ich glaube ich habe gar nicht geschlafen,« sagte Helene ruhig, ohne die Mutter anzusehen – »doch – das hat mit dem Nichts zu thun, über das ich mit Ihnen sprechen möchte.«

»Mit I h n e n ?« rief die Gräfin erschreckt – »Helene!«

»Bitte, setzen Sie sich,« sagte das junge Mädchen kalt – »wir haben Manches mit einander zu besprechen, und es ist nöthig, daß dies in aller Ruhe geschieht.«

»Aber um Gottes willen, Helene, was hast Du nur – wie bist Du?« rief die Frau und wollte Helenens Hand ergreifen.

»Was ich habe?« sagte das junge Mädchen staunend und sah ihr zum ersten Mal voll und ernst in's Auge – »und das fragen Sie noch? Aber, bitte, setzen Sie sich, und erlauben Sie vor allen Dingen, daß ich Ihnen einen Brief vorlese, der gestern zufällig in meine Hände kam.«

»Der unglückselige Brief!« jammerte die Frau und setzte sich mit gefalteten Händen und wie gebrochen auf das

Sopha nieder.

»Derselbe,« sagte Helene mit eiserner Ruhe, faltete den Brief dann aus einander, den sie die Nacht über schon unzählige Male gelesen und über den sie heiße, bittere Thränen geweint, und las jetzt mit fester, ruhiger, auch nicht die geringste Bewegung verrathender Stimme:

»Liebe Constance!

Anbei sende ich Ihnen – dieses Mal d i r e c t – den zweiten Semester-Wechsel für die Erziehung meiner Tochter Helene. Sie sehen, ich habe auch Ihren Wunsch erfüllt und die Adresse an die G r ä fi n Baulen gerichtet, obgleich ich mit einer solchen Täuschung nicht einverstanden und vollkommen dagegen bin. Ich kenne aber die brasilianischen Verhältnisse nicht, und es m a g vielleicht dort nöthig sein. So geschehe es denn Helenens wegen.

Es freut mich, so Günstiges über die Fortschritte des Kindes zu hören, und ich hoffe, daß Sie Ihr Wort halten und wie eine Mutter für sie sorgen.«

»Und hab' ich das nicht gethan, Helene? Hab' ich das nicht immer und immer gethan und Dir jetzt wieder bewiesen, indem ich einen braven Mann für Dich gesucht?« rief die Frau und hob die Hände zu der Jungfrau empor.

Helene las ruhig weiter:

»Es grüßt Sie freundlich Ihre Ottilie von ....«

»Der Name wie Ort und Datum fehlen.«

»Hab' ich das nicht immer gethan? Sag' wahr und aufrichtig, ob ich das n i c h t gethan habe?«

»Nein,« sagte Helene, und das Wort hatte eigentlich

keinen Klang, aber es traf doch deutlich und furchtbar an das Ohr der Frau, die ihr Taschentuch herausnahm und es gegen die Augen hielt.

»Wie heißt meine Mutter?« fragte Helene endlich mit derselben tonlosen Stimme wie vorher – »wie heißt sie und wo wohnt sie, und welches Geheimniß liegt auf meiner Abstammung, daß ich hinausgeschickt wurde unter fremde Menschen?«

»Liebe Helene,« sagte da die Frau, das Tuch vom Gesicht nehmend und ihre Augen trocknend – »ich habe einen furchtbaren Eid schwören müssen das Geheimniß zu bewahren, wenigstens so lange zu bewahren, bis ich den Auftrag dazu von Deiner Mutter selber bekomme, es Dir mitzutheilen. Ich darf und kann den Eid nicht brechen – fordere es nicht!«

Helene schwieg; ihr Auge haftete noch immer fest auf der Frau und ein schwerer Seufzer hob ihre Brust.

»Ich bin mündig,« sagte sie endlich – »ich bin einundzwanzig Jahr. D a r f mir der Name meiner Mutter – meiner Eltern länger vorenthalten werden?«

»Ich will augenblicklich nach Deutschland schreiben,« sagte die Frau – »gewiß, Helene, mit dem nächsten Schiff, und will Deine Mutter bitten mich meines Eides zu entbinden; aber ehe das geschehen ist, und wenn sie n i c h t darein willigt, kann und darf ich es ja doch nicht thun. Du selber wirst doch nicht wollen, daß ich einen Meineid auf meine Seele lade.«

Helene hatte ihr Herz wie krampfhaft mit der Hand gefaßt und sah die Frau noch immer mit ihrem kalten, durchdringenden Blick an, endlich sagte sie leise:

»Also Sie wollen mir den Namen meiner Mutter nicht

nennen?«

»Ich k a n n , ich d a r f nicht, Kind – wenigstens jetzt noch nicht. Laß Dir Zeit – in wenig Monaten kann ein Brief hinüber- und zurückgehen, und ich zweifle keinen Augenblick, daß Deine Mutter mich meines Eides entbinden wird. Dann von Herzen gern. Aber – was nutzt es Dir, Helene?« fragte sie wie schüchtern nach kurzer Pause, »denn – Du würdest ihr doch nicht nahen dürfen.«

»Nicht nahen dürfen?« rief Helene erschreckt; »wer will das Kind dem Herzen der Mutter fern halten?«

»Frage mich nicht weiter – dringe nicht in mich, Deiner eigenen Ruhe wegen.«

»Also d a s d ü r f e n Sie mir doch sagen,« rief Helene rasch, »und aus Schonung für mich glaube ich nicht, daß Sie es zurückzuhalten brauchen. Ich verlange von Ihnen zu wissen, w e s h a l b mir die Mutter vorenthalten werden soll. Ich mache Sie für Alles verantwortlich was daraus entstehen kann, wenn ich es n i c h t erfahre, und beim ewigen Gott! ich halte was ich verspreche, wenn ich Ihnen zuschwöre, daß Sie bei einer Weigerung keine schlimmere Feindin in der Colonie haben sollen, wie mich. Ich denke, Sie trauen mir zu daß ich mein Wort halte.«

Helene war von ihrem Stuhl aufgesprungen und stand der Frau mit zürnendem, drohendem Blick gegenüber.

»Thörichtes Kind,« sagte Frau Baulen, ohne sich jedoch dieses Mal aus ihrer Ruhe bringen zu lassen, denn sie kannte die Waffe, über die sie verfügte – »Du verlangst Etwas, was Dich unglücklich für Dein ganzes Leben machen wird.«

»N o c h unglücklicher als ich jetzt schon bin?« lachte Helene bitter – »Sie scherzen, Frau G r ä f i n .«

71

»Und wem zu Liebe nahm ich den Titel an, der mir nicht gebührt?« rief die Frau, jetzt selber gereizt – »wem zu Liebe stürzte ich mich in Ausgaben, die über meine Mittel gingen – wem zu Liebe hab' ich selbst die Heimath verlassen, in der ich glücklich und zufrieden mit meinem Sohn hätte leben können?«

»Mir zu Liebe, nicht wahr?« sagte Helene kalt und bitter, »nur Alles mir zu Liebe, nicht dem Jahrgehalte! Doch genug, übergenug der Reden! Täuschen Sie sich nicht, daß ich nach dem, was ich jetzt weiß, auch nur noch einen Augenblick an Ihren wahren Gesinnungen zweifeln könnte. Wir Beide haben fortan Nichts mehr mit einander gemein, und das nur verlange ich jetzt von Ihnen zu wissen, welche Schuld auf mir oder meiner Mutter lastet, daß ich ihr nie im Leben angehören soll?«

»Gut – Du sollst es wissen, Undankbare!« sagte die Frau jetzt nach kurzem Zögern mit entschlossenem Blick – »Du sollst es wissen, um zu fühlen, wie allein Du auf der Welt stehst, und wie es mich Ein Wort kostet, Herrn von Pulteleben, auf dessen Hülfe Du jetzt pochst, von Dir zurücktreten zu lassen. Ich hoffe, Du wirst dann vernünftig werden und einsehen, wie ich nur stets und immer Dein Bestes gewollt, wie ich es noch will, und wie kein Mensch hier so für Dich sorgen kann und wird, als gerade ich. Vielleicht ist es auch gut so, daß der Brief in Deine Hände kam, denn über kurz oder lang hättest Du es doch erfahren müssen. Es wird Deinen starren Charakter milder und nachgiebiger machen und Dich wieder in die Arme der Frau führen, die bis jetzt allein eine wirkliche und wahre Mutter für Dich gewesen ist. Pulteleben selber wird es mir später danken – wenn er auch Nichts davon zu wissen braucht.«

»Herr von Pulteleben,« sagte Helene mit all' der alten

Bitterkeit im Ton – »doch davon später – nun Ihr Geheimniß, Madame, wenn es Ihnen gefällig ist.«

Die Frau war selber zum Äußersten gereizt; sie stand rasch vom Sopha auf, ging nach der Thür, öffnete sie und sah hinaus. Dann kam sie zurück auf Helenen zu, bog sich zu ihr nieder und flüsterte ihr einige Worte in's Ohr.

Helene wurde todtenbleich; sie schloß die Augen und stand wohl eine Minute lang regungslos wie aus Stein gehauen. Dann hob sie die Hände, deckte ihr Antlitz, und heiße, heiße Thränen quollen ihr zwischen den Fingern durch. Endlich sah sie wieder auf. Ihr Gesicht war marmorbleich, aber ohne einen Zug von Schmerz oder Leid, und sie wandte sich, als ob sie das Zimmer verlassen wollte.

»Geh' jetzt nicht, Kind,« sagte aber die Frau, ihre Hand ergreifend und sie zurückhaltend – »die Leute draußen brauchen nicht zu erfahren, daß zwischen uns irgend ein Mißverständniß vorgefallen. Bleibe hier in meinem Zimmer, bis Du Dich vollständig erholt hast, und denke ruhig über das Gehörte nach; Dein eigener gesunder Verstand wird Dir dann schon sagen, was Du zu thun und zu lassen hast.«

»Und glauben Sie, daß ich d a r ü b e r auch nur noch einen Augenblick in Zweifel bin?« fragte das Mädchen, und der Blick, den sie auf die Frau heftete, schien sich in deren Inneres zu bohren.

»Was das Kind für einen Trotzkopf hat,« sagte die Frau, den Kopf herüber und hinüber werfend – »es ist nur ein Glück, daß Andere noch für Dich denken und handeln, Du richtetest Dich von vorn herein zu Grunde. Der arme Pulteleben wird seine bittere Noth mit Dir bekommen.«

»Ich glaube nicht, daß ich Herrn von Pulteleben je belästigen werde,« erwiederte Helene. »Ich hatte mich dem Furchtbaren gefügt, einen Mann zu heirathen, den ich nicht liebe – ja, nicht einmal a c h t e n konnte, nur der M u t t e r wegen. Ich glaubte damit eine Schuld loszukaufen, die schwer auf meiner Seele lastete. Gott sei Dank, daß der Himmel wenigstens d a s Opfer nicht von mir angenommen hat – ich wäre unglücklich und elend gewesen mein ganzes Leben lang.«

»Helene, sei vernünftig!« rief Madame Baulen erschreckt; »Du wirst doch nicht ...«

»Ich werde Herrn von Pulteleben sein Wort zurückgeben.«

»Das darfst Du nicht ...«

»Und wenn Sie mich drängen, ihm auch sagen, weshalb.«

»Du handelst wie eine Wahnsinnige. Und wovon willst Du leben?«

»Was mein Eigenthum hier im Hause ist, mein Instrument, meinen Schreibtisch, meine Bücher und mein Pferd werde ich zum Theil verkaufen, und mit dem Erlös mein Leben fristen, bis ich mir selber in ehrlicher Weise mein Brod verdienen kann.«

»Aber das Geschäft, das wir begonnen haben – Herr von Pulteleben wird den Augenblick zurücktreten, wenn D u ihn so auf das Tödtlichste beleidigst.«

»Und was kümmert das m i c h ?«

Die Frau erschrak, denn erst jetzt fühlte sie, daß sie ihr Spiel mit Helenen vollständig verloren hatte. Das Mädchen, welches sie die langen Jahre benutzt, mit allen nur erdenkbaren Intriguen ein bequemes Wohlleben für sich und ihren vollkommen nutzlosen Sohn zu schaffen, glitt ihr unter den Händen fort, und zum ersten Mal trat ihr die furchtbare Möglichkeit vor Augen, daß sie auf sich selber angewiesen werden könne. Helene aber, die wohl ahnen mochte welche Gedanken sie jetzt bewegten, wandte sich verächtlich von ihr ab, und schritt der Thür zu, die sie aufschloß. Dort blieb sie noch einmal stehen und sagte, ohne sich aber umzusehen:

»Was ich heute oder morgen über meinen künftigen Aufenthaltsort beschließen werde, weiß ich noch nicht – aber ich weiß, daß ich ein Recht habe, hier in diesem Hause zu wohnen, so lange ich es für passend finde. Ich werde Sie später das Nöthige wissen lassen« – und ehe Madame Baulen ein Wort darauf erwiedern konnte, war sie durch die Thür verschwunden.

Arno von Pulteleben, ahnungslos über alles Das, was in der nämlichen Zeit unter ihm vorging, saß indessen oben in seinem Zimmer, kaute an seiner Feder und verdarb ein paar Bogen sehr gutes Velinpapier mit seinen poetischen Ergießungen über die Erbärmlichkeit des Menschengeschlechts, die endlich darauf hinausliefen, daß er Helenen als einen Engel schilderte, der eigentlich gar nicht hieher gehöre, und einzig und allein aus Versehen auf die Welt gekommen sei.

Von dem nämlichen Engel – er war gerade aufgestanden, hatte seinen Rock wieder angezogen, seine Frisur in Ordnung gebracht, und wollte eben hinunter gehen, um seine Verlobte aufzusuchen – erhielt er da einen Brief, den die alte Dorothea heraufbrachte und den er mit einem selbstzufriedenen Lächeln öffnete. Was konnte ihm seine Braut anders schreiben als einen freundlichen Morgengruß! Der Brief lautete:

»Herrn Arno von Pulteleben.

»Mein Herr! Wir sind Beide das Opfer einer Täuschung geworden. Der einzige Trost nur bleibt mir, daß es noch nicht zu spät ist, den Schritt zurück zu thun, der uns für dieses Leben an einander ketten sollte. Ich weiß, daß Sie von Herzen ein guter Mensch sind, aber – wir passen nicht für einander – ich habe Sie nie geliebt, und wir wären auch nie glücklich zusammen geworden.

»Die einzige Bitte, die ich noch an Sie habe, ist: meinen festen und unumstößlichen Entschluß zu achten, und keinen Versuch zu machen ihn zu ändern – es wäre doch vergeblich.

»Indem ich Ihnen noch hiermit für die freundliche Gesinnung danke, die Sie mir stets bewiesen, und in dem Bewußtsein, selbst m i t diesem Schritt Nichts gethan zu haben, was mich könnte in Ihrer Achtung sinken lassen, zeichnet sich

H e l e n e.«

Herr von Pulteleben las den Brief drei- oder viermal durch, und drehte ihn dann immer noch in der Hand herum und besah ihn als ob er in einer vollkommen fremden, ja unbekannten Sprache geschrieben wäre. Endlich bekam sein Erstaunen Worte, ohne sich aber anfänglich auch nur in mehr als gebrochenen Sätzen und Ausrufungen zu äußern.

»Opfer einer Täuschung? – einziger Trost? – guter Mensch? – unumstößlicher Entschluß? – Achtung sinken lassen? – Bin i c h denn verrückt, oder ist irgendwo im Weltgebäude eine Schraube losgegangen? – Freundliche Gesinnung? – Bewußtsein? – Wenn ich auch nur Ein Wort von dem ganzen Brief verstehe, will ich mir den Hals mit einem Falzbein abschneiden lassen! – Hab' ich denn nur, um Gottes Christi willen, irgend Etwas in der weiten Welt gethan, womit ich sie hätte beleidigen können? – Hab' ich denn je, auch nur einen Augenblick, die schuldige

Ehrerbietung aus den Augen gesetzt? – Hat denn nicht die Schwiegermutter selber – holla, da sitzt der Haken – in d e m Kuchen hat die Schwiegermutter wieder einen Finger – meinen Kopf wollte ich drauf verwetten! Das ist wirklich eine ganz erschreckliche Frau, und es wird wieder viel, sehr viel Geld kosten, um sie vollkommen zufrieden zu stellen. Jetzt bin ich nur neugierig, was sie n u n haben will, denn bis jetzt hat sie mir auch nicht die geringste Andeutung gegeben. Na, es wird schon herauskommen,« tröstete er sich selber, »denn damit hält sie gewöhnlich nicht lange hinter dem Berge.«

Mit dieser Schlußfolgerung hatte sich von Pulteleben vollkommen beruhigt, denn er war jetzt so fest überzeugt, daß der ganze Brief auf Nichts weiter als eine pecuniäre Laune der Schwiegermutter hinauslief, daß er sich weiter gar keine Sorgen mehr machte. Helene k o n n t e ja doch d i e Zeilen nicht im Ernst geschrieben haben. Übrigens bildeten sich bei ihm schon ganz in der Stille dunkle Pläne von Widersetzlichkeit gegen das drückende Regiment der Schwiegermutter – »wenn er nur erst einmal verheirathet war« – denen er aber vorerst noch keine bestimmte Form gab.

Somit nahm er allerdings die ganze Sache auf die leichte Achsel. Aber es war ihm doch trotzdem ein unbehagliches Gefühl, sich den Morgen nach seiner Verlobung, den er sich so wunderhübsch gedacht und ausgemalt, auf eine solche Weise verbittern zu lassen, und er beschloß, ohne Weiteres hinunterzugehen, und der Sache auf den Grund zu kommen; nachher – daran zweifelte er keinen Augenblick – war dann Alles rasch in's Reine gebracht.

Diesem Vorsatz ließ er die That auf dem Fuße folgen, und um die Sache gleich beim richtigen Ende anzufassen, gedachte er sich vor allen Dingen der Schwiegermutter zu versichern, erstaunte aber nicht wenig, als er deren Thür noch immer verschlossen fand, und auf sein Anklopfen von innen die Antwort erhielt, sie sei nicht recht wohl, und könne ihn jetzt unmöglich sehen.

Auch Helenens Thür blieb für ihn verschlossen, und selbst zum Mittagessen ließ sich keine der beiden Damen sehen; Pulteleben mußte mit Oskar, dem er aber natürlich kein Wort von dem Vorgang sagte, seine Mahlzeit allein verzehren.

In dem kleinen, sonst so ruhigen Städtchen war es indessen merkwürdig lebhaft und bewegt geworden. Die Leute liefen auf der Straße, oder standen in kleinen Gruppen zusammen, irgend Etwas eifrig zu besprechen. Es mußte augenscheinlich etwas ganz Außergewöhnliches vorgegangen sein, das sie derart bewegen konnte. Selbst Herr von Pulteleben merkte das, und als er aus reiner Verzweiflung noch einmal unten in den Arbeitssaal getreten, und dann vor die Thür ging, um frische Luft zu schöpfen – die ganze Atmosphäre kam ihm heute so dumpf und schwül vor – fiel ihm eben dieses rege Leben auf.

»Na, was ist denn – was habt Ihr denn heute?« fragte er einen vorbeigehenden Arbeitsmann, der ebenfalls in großer Eile zu sein schien.

78

»Sie haben ihn gefunden!« sagte dieser, und zog seine Mütze ab.

»Gefunden – wen?«

»Nu, den Justus!« sagte der Mann.

»Den Justus? – Wer ist denn der Justus?«

»Na, der verrückte Schneider, von dem man geglaubt hatte, daß er durchgebrannt wäre. Todtgeschlagen haben sie ihn im Wald, den armen Teufel, und jetzt läuft Alles hinaus, um ihn anzusehen, denn er soll so schrecklich zugerichtet sein, daß er sich gar nicht mehr transportiren läßt – bei die Hitze auch!«

Und der Mann machte ebenfalls daß er hinauskam, um sich den schauerlichen Anblick eines Ermordeten zu gönnen, und dann Nächte lang in dem Gedanken daran nicht schlafen zu können.

Herr von Pulteleben, froh nur Etwas zu haben, das ihn in diesem Augenblick von seinen Gedanken abzog, schlenderte langsam mit hinaus, um sich das Nähere selbst anzusehen.

Vor Buttlich's Wirthshaus hielt eine Familie, die eben, wie es schien, ausziehen wollte. Es war Bux mit Frau und Kindern, und der Mann beschäftigt, das wenige Gepäck das er bei sich führte, auf einen Esel zu laden. Die Frau und der älteste Junge halfen ihm dabei, und das Kleinste lag vor dem Haus auf seinem Bettchen, damit es die Mutter gleich nehmen konnte, wenn es schrie.

Bux hatte den größten Theil seiner Sachen theils versetzt, theils verkauft – um nicht zu verhungern, wie er sagte – und wollte nun Santa Clara verlassen, um in einer andern Colonie sein »Glück« zu versuchen. Schon seit ein paar Tagen hatte er das bewerkstelligt, und heute Morgen brach er mit seiner Familie auf.

Gerade als von Pulteleben vorüberging, schnürte er das Gepäck auf dem Esel fest, und der Junge sollte ihm von der andern Seite das Seil herübergeben. Er reichte ihm aber aus Versehen das falsche, und als er seinen Fehler auf Anschreien des Vaters, der ihn dadurch nur noch verwirrter machte, nicht gleich verbesserte, sprang der rohe Mensch um den Esel herum, und trat den armen Jungen mit einem gotteslästerlichen Fluch gegen den Schenkel, daß er heulend mitten in die Straße flog.

»Aber Ihr seid doch wahrhaftig schlimmer als ein Vieh,« rief von Pulteleben, der Zeuge dieser Scene gewesen war, entrüstet aus – »das nehme mir denn doch kein Mensch übel!«

»Geht's E u c h was an?« knurrte der Mann, indem er, ohne sich um seinen mißhandelten Jungen weiter zu bekümmern, das Seil selber herumwarf und festschnürte, und zwar so fest, daß das arme Thier kaum noch athmen konnte – »einen Quark habt I h r drein zu reden, und ich kann mit meinem Jungen machen was ich will!«

»Gefühlloser Mensch,« murmelte der junge Mann vor sich hin und ging vorbei, denn er dachte gar nicht daran, sich mit einem so rohen Burschen auf offener Straße in einen Streit einzulassen. Er hätte auch jedenfalls den Kürzeren ziehen müssen.

Die Leute zogen sich die Straße hinauf, in welcher der Schneider Justus gelebt hatte. Vor der Thür seiner Wohnung stand die alte Frau und erzählte heulend und schreiend drei oder vier anderen alten Damen Scenen aus dem Leben des Verstorbenen, die als höchst brauchbarer Stoff zu weiterer Verwendung begierig aufgefangen wurden.

Herr von Pulteleben ging die Straße hinauf, weiter und

weiter. Er bedauerte schon sein Pferd nicht mitgenommen zu haben, denn er war kein Freund von langen Spaziergängen, aber es ließ sich jetzt nicht mehr ändern – der Weg zog sich schmählich in die Länge und die Sonne brannte unausstehlich. Jetzt bogen die Leute rechts ab und kletterten in die heißen Felsen hinauf, in denen ein, gegenwärtig freilich sehr unbedeutender Bergbach in der Regenzeit mächtiges Gestein mit heruntergewaschen und durch einander geworfen hatte. Oben zog sich ein kleiner Damm quer durch die Schlucht, der einen dünnen Wasserfall bildete, und rechts davon, vielleicht zweihundert Schritt entfernt, in einem Dickicht von Lorber und Cactus, lag die furchtbar entstellte Leiche des Ermordeten, der man sich unter dem Winde gar nicht nähern durfte.

Herr von Pulteleben schauderte übrigens zurück, wie er nur einen Blick darauf geworfen; er konnte etwas Derartiges nicht sehen und begriff jetzt selber nicht, weshalb er hier eigentlich heraufgestiegen sei. Von den Umstehenden erfuhr er aber bald die Einzelheiten des Thatbestandes. Der Justus war, wie sich ganz zweifellos ergab, einfach todtgeschlagen worden, und zwar mit einem etwa vierpfündigen Steine, den man circa vierzig Schritt von der Stelle, wo die Leiche lag, ganz mit Blut bedeckt gefunden hatte. Der Ermordete konnte ihn dort nicht hingeworfen haben, denn der ganze Schädel war ihm zerschmettert, und er todt da niedergesunken, wo er lag. Der Mörder mußte den Stein also weggeworfen haben.

Daß der Unglückliche bei einem zufälligen Sturz um's Leben gekommen sei, zeigte sich als unmöglich, denn wenn auch ein kleiner Felshang gerade dort emporragte, so hätte er doch von da oben herunter nie an die Stelle stürzen können, wo er sich befand und wo sich die einzigen Blutspuren zeigten, und dann war auch der Abhang nicht hoch genug, eine solche Beschädigung glaubbar zu machen

81

– selbst ohne den entfernt davon gefundenen blutigen Stein.

Geld trug der Ermordete nicht bei sich, ein paar Kupfermünzen ausgenommen, eben so wenig eine Uhr, obgleich er nie ohne eine solche ausging. Er lag – als man ihn, durch eine Unmasse darüber kreisender Aasgeier aufmerksam gemacht, gefunden hatte – auf dem Gesicht, beide Arme von sich gestreckt, und war jetzt nur noch halb bekleidet, denn die Beinkleider hatten ihm schon die Soldaten ausgezogen und bei Seite gebracht. Die Stiefel mochten sie wohl nicht abbekommen haben.

Jeremias stand auch oben, die Hände in beiden Hosentaschen, und betrachtete sich nachdenklich, ohne jedoch den geringsten Ekel zu verrathen, den Ermordeten; aber er machte keine Bemerkung, that keine Frage und ging, nachdem er sich Alles genau angesehen, wieder ruhig in die Stadt zurück.

Als er die Straße hinunter kam, hatte Bux mit seiner Familie und seinem Esel schon Santa Clara verlassen und den Weg eingeschlagen, der an der früheren Meierei – den Namen hatte die Chagra noch immer behalten – vorüber führte.

Herr von Pulteleben kehrte etwas echauffirt in das Haus zurück und betrat es mit dem unbehaglichen Gefühl, daß er darin nicht Alles in der gehörigen Ordnung wußte. Sollte er jetzt noch einmal bei der Frau Gräfin anklopfen? Er stand noch unschlüssig an der Treppe, da ging plötzlich die Thür auf und die Dame trat selber heraus. Sie schien allerdings Herrn von Pulteleben nicht erwartet oder besonders gesucht zu haben, und ihr erstes Gefühl das zu sein, wieder in ihr Zimmer zurückzutreten. Das aber war jetzt nicht mehr möglich; der junge Mann näherte sich ihr auch schon und sagte mit sehr bestürztem Gesicht:

»Aber ich bitte Sie um Gottes willen, Frau Gräfin, was ist denn nur eigentlich vorgefallen? Helene hat mir einen so schrecklichen Brief geschrieben, daß ich ...«

»Hat sie in der That?« sagte die Dame ruhig – »das Mädchen ist voller Launen, aber ängstigen Sie sich nicht deshalb, mein junger Freund, ich werde das Alles schon wieder in Ordnung bringen.«

»Sie glauben wirklich?«

»Lassen Sie mich nur machen« – und die Thür schloß sich wieder hinter der Schwiegermutter.

5.
Gerichtspflege in der Colonie.

In Santa Clara, wo Alles sonst im gewohnten Geleise seinen stillen und ruhigen Gang ging, schien die ganze bestehende Ordnung auf den Kopf gestellt zu sein, als gegen Abend der junge Köhler, und zwar als Mörder des Justus Kernbeutel angeklagt, von seiner Chagra herunter, gefangen eingebracht wurde. In Todesangst folgte ihm dabei seine junge, hübsche Frau mit dem Kind auf dem Arme und erzählte unter Thränen, wie die Soldaten oben bei der Verhaftung gewirthschaftet, ihr Geschirr und Fenster zerschlagen und sie selber auf die boshafteste und rohste Art gekränkt und beleidigt hätten.

Köhler selber, als er durch die Colonie geführt wurde, sah wohl todtenblaß vor innerlich kochender Wuth aus, ließ aber sonst nicht durch ein Wort, nicht durch eine Miene merken was in ihm vorging; mußte er sich ja doch auch dem Unabänderlichen fügen, denn die Hände hatten ihm die Burschen auf dem Rücken zusammengeschnürt, und als er sich unterwegs nur ein einziges Mal an seine ihm folgende Frau wenden wollte, war er mit Kolbenstößen bedeutet worden, daß er sich mit Niemandem zu unterhalten hätte, bis er von seinem Richter verhört und vielleicht auch gleich abgeurtheilt sei.

»Ehe er gehängt würde,« tröstete ihn einer der rohen Gesellen, »dürfe er seiner Frau noch einmal einen Kuß geben. – Wenn er selber einen dafür von ihr bekomme, wolle e r ihm das erlauben.«

Köhler knirschte mit den Zähnen und vertröstete sich nur darauf, daß sich seine Unschuld ja gleich bei dem ersten

Verhör herausstellen müsse und er dann schon Rechenschaft von Allem fordern wolle, was ihm jetzt geschehen. – Darin hatte er sich aber geirrt und ganz vergessen, daß kein neuer brasilianischer Delegado in der Colonie angestellt und dem Director gegenwärtig von dem Präsidenten auch die oberste Polizeigewalt übergeben sei.[2] Er hatte hier also keine Behörde über sich als den Director selber, von dem er, wie er recht gut wußte, nach den letzten Vorgängen keine besondere Freundlichkeit erwarten durfte.

Er wurde auch ohne Weiteres in das gegenwärtige Stadtgefängniß – ein kleines, heißes, aus rohen Balken erbautes Loch mit schweren Gittern vor dem niedern Fenster – abgeführt und dort trotz seiner Berufung, daß er verhört werden wolle, mit Spott und rohem Gelächter eingeschlossen und allein gelassen.

Könnern, der kurz vorher in die Stadt zurückgeritten war, hörte kaum von der Verhaftung Köhler's und dem Verdacht der auf ihm ruhte, als er augenblicklich zu ihm eilte. Er wurde aber zurückgewiesen. Es war strenger Befehl des Directors, keinen Menschen zu ihm zu lassen, bis die Untersuchung geschlossen sei, und daß eine Bitte von i h m bei dem Director Nichts fruchten würde, wußte er vorher. Köhler's Frau war indessen zu Kaufmann Rohrland gegangen, um dessen Hülfe in Anspruch zu nehmen und vor allen Dingen gleich nach ihrem nicht weit von Santa Clara wohnenden Bruder zu schicken, daß der so lange oben auf der Chagra bei ihr wohne, bis ihr Mann seine Unschuld bewiesen haben konnte; denn sie getraute sich jetzt nicht, bei all' dem in der Nachbarschaft herumstreifenden Soldatenvolk, allein dort oben zu bleiben, und konnte doch auch ihr mühsam erarbeitetes Eigenthum nicht im Stich lassen.

Eine   Voruntersuchung,   ohne   indessen   den

Angeschuldigten selber dazu zu ziehen, hatte unter der Zeit im Directionsgebäude stattgefunden, die der Director selber abhielt, obgleich er sich eigentlich heute nicht wohl fühlte. Er war, wie er ausgesagt hatte, mit dem Pferde gestürzt, als er den steilen Hang herunterritt, und hätte sich eigentlich recht beschädigen können. Glücklicher Weise lief es noch gut ab.

Die beiden Hauptzeugen gegen Köhler waren Justus' alte Haushälterin und der Wirth Buttlich. Die Frau erzählte, daß der »arme, unglückliche Mann« an dem Tage mit dem Angeschuldigten einen Wortwechsel gehabt und dann mit ihm fort in den Wald gegangen wäre. Der Angeschuldigte sei dann erst am nächsten Abend mit der Dämmerung wiedergekommen und der Justus gar nicht, weil er da schon, von Mörderhand erschlagen, im Walde gelegen hätte.

Eine Uhr habe der Ermordete bei sich gehabt, als er von Hause fortgegangen sei, denn er wäre nie ohne seine Uhr ausgegangen. Die Frau erinnerte sich genau auf die Uhr, die sie oft in Händen gehabt. Es war eine silbervergoldete Uhr mit weißem Zifferblatt, und in den innern Deckel hatte Justus selber die Anfangsbuchstaben seines Namens, J. K., eingravirt oder vielmehr eingekratzt gehabt, darunter ein von einem Pfeile durchstochenes Herz – wovon aber die Frau nicht wußte, auf was es sich beziehen sollte.

Geld habe Justus ebenfalls stets etwas bei sich gehabt. Sie konnte allerdings nicht angeben wie viel und was für Münzen, aber ohne Geld wäre er nie im Leben über Land gegangen, und wenn er hätte 'was dafür versetzen müssen. Ein paar Milreis seien es gewiß gewesen, wenn nicht vielleicht noch mehr.

Der Wirth, Buttlich, sagte aus, daß er an Justus' Haus vorbeigekommen wäre, als Köhler davor gestanden und sich mit dem Schneider heftig gezankt hätte. Es sei ihm so auffallend gewesen, daß er noch gerufen hätte: sie möchten doch nicht einen solchen Skandal machen und sich ein wenig vor den Leuten und der Nachbarschaft schämen – er erinnere sich aber nicht mehr genau der Worte, die er gebraucht hätte, oder was die Zankenden sich einander vorgeworfen. So viel wisse er außerdem, daß der Köhler den Schneider nie hätte leiden können – wenigstens so lange e r jetzt in der Colonie sei – und ihm stets alles nur erdenkliche Böse nachgesagt habe. Er selber könne ein solches Urtheil aber nicht bestätigen. Der Justus sei oft zu ihm gekommen, habe sich aber immer als ein nüchterner, anständiger Mensch gezeigt, der nur manchmal gegen die Ungesetzlichkeiten des vorigen Regiments protestirt haben mochte. Deshalb wollten auch alle die Anhänger des früheren Directors, zu denen Köhler ebenfalls gehöre, Nichts von ihm wissen. An jenem Abend besonders sei Justus' Absicht gewesen, nach Zuhbel's Chagra hinauszugehen, um dort den Antritt des neuen Herrn Directors durch einen fröhlichen Abend zu feiern. Er sei dazu in seinem Sonntagsstaat gewesen. Köhler war nicht dort eingeladen, aber doch mit ihm denselben Weg in den Wald gegangen. Es wäre auch möglich, daß sich die beiden Männer gerade über diesen nämlichen Gegenstand vorher gezankt hätten, denn die eine Partei hätte über diese sogenannten »Director-Feste« immer ihren Spott gehabt und die andere verhöhnt.

So weit Buttlich, der außerdem noch zwei andere Zeugen brachte, die Justus und Köhler zusammen auf der Straße etwas vor Sonnenuntergang und ganz allein im Walde begegnet waren, aber nicht bestätigen konnten, daß sie irgend Etwas von einem unfreundlichen Benehmen zwischen den Beiden bemerkt hätten. Sie seien freilich auch zu rasch vorbeigeritten, um darauf zu achten.

Das waren die letzten Menschen, die den Justus

Kernbeutel lebend gesehen hatten, und zwar in Begleitung Köhler's und gar nicht so weit von der Stelle entfernt, auf der man den Leichnam des Ermordeten gefunden, ja, noch dazu der Richtung entgegengehend. Was dann weiter geschehen, darüber lag das Dunkel der Nacht und konnte nur vielleicht durch die weitere Untersuchung aufgehellt werden.

Der Verhaftete selber wurde an diesem Tage nicht verhört; es sollten vorher noch mehr Beweise gegen ihn gesammelt werden, und mit Mühe und Noth erlangte Rohrland persönlich die Erlaubniß vom Director, ihm ein Bett und gute Speisen in das Gefängniß schicken zu dürfen. Vor diesem standen außerdem sechs Mann Wache mit geladenem Gewehr, um irgend einen etwaigen Befreiungsversuch der Colonisten zurückzuweisen. Niemand dachte aber an einen solchen, denn Köhler hatte ein viel zu reines Gewissen, um sich durch die Flucht einer Haft zu entziehen, die ja doch nur höchstens bis zum nächsten Morgen dauern konnte. Da er seine Frau und sein Kind jetzt gut aufgehoben wußte, kümmerte er sich um das Andere wenig genug.

Desto mehr aber empörte es den besseren Theil der Colonisten, einen aus ihrer Mitte, einen Mann, den Alle als einen braven und ehrlichen Menschen seit Jahren gekannt hatten, nur auf solch' oberflächlichen Verdacht hin wie einen Missethäter und gemeinen Verbrecher behandelt zu sehen, und selbst Rohrland, Pilger, der Bäckermeister Spenker und mehrere andere ansässige Handwerker und auch Colonisten ließen sich noch an dem nämlichen Abend beim Director melden und erboten sich, für Köhler irgend eine verlangte Bürgschaft zu stellen, daß er keiner Untersuchung ausweichen würde. Der Baron von Reitschen nahm etwas Derartiges nicht an.

Der Verhaftete, gegen den, seiner Meinung nach, ein

dringender Verdacht vorlag, mußte sorgfältig von jeder Verbindung abgeschnitten werden, bis die Untersuchung beendet sei, damit er nicht von Außen auf irgend eine Weise beeinflußt werden könne. Nach geschlossener Untersuchung könne ihn besuchen wer da wolle, oder er auch vielleicht gegen Bürgschaft entlassen werden.

Es war indessen Abend geworden, und die Leute, die heute alle keine Ruhe zur Arbeit gehabt, sammelten sich bei Bohlos, um dort noch das Weitere zu besprechen und ihrer Entrüstung in gemäßigter Weise bei einem Glas Bier den natürlichen Ausfluß geben zu können. Ursache zu klagen hatten sie außerdem genug, denn schon in der kurzen Regierungszeit ihres neuen »Herrn« waren eine Menge von Mißbräuchen zu Tage getreten, von denen die Colonisten unter Sarno gar keine Ahnung gehabt.

»Das wird ja wahrhaftig alle Tage besser!« rief der Schneidermeister Berthold, indem er mit der Faust auf den Tisch schlug. »Jetzt stecken sie einen ehrlichen Mann ein, weil ein Lump zu Schaden gekommen ist, und wollen nicht einmal eine Caution annehmen! Ist so Etwas schon da gewesen?«

»Das wäre das Wenigste,« meinte der Bäckermeister Spenker, »denn den Köhler können sie nicht lange im Loch behalten, aber der Herr Director fängt seine Wirthschaft hier auch in anderer Weise schon gut an. Wißt Ihr, daß er jetzt den neu angekommenen Colonisten nicht einmal mehr baar Geld als ihre Subsidien, sondern kleine Anweisungen auf Buttlich giebt, für die ihnen dieser nur Waaren aus seinem eigenen Laden verabfolgt? Das will denn doch bei Gott die Regierung nicht, daß die armen Leute auf solche Art geschunden werden, blos um es dem Lump, dem Buttlich, in den Hals zu jagen.«

»Lieber Meister, zu Buttlich's Nutzen geschieht das

auch nicht,« lachte Rohrland, der mit am Tische saß; »ich weiß aus ganz sicherer Quelle, daß unser sehr verehrter Director ein stiller Compagnon des Buttlich'schen Geschäfts ist, da er als Director offen keinen Laden halten darf. Auf solche Weise sichert er sich dann, eben durch die Subsidiengelder, einen ganz bestimmten Absatz von wenigstens fünfhundert Milreis monatlich.«

»Und ist das etwa recht und billig?« rief Berthold.

»Davon sage ich kein Wort,« meinte Rohrland, »aber ich erzähle Nichts, was ich nicht beweisen kann.«

»Aber da sollte man ihn darauf verklagen!« rief Spenker.

»Wo?« sagte Rohrland ruhig – »bei der Regierung in Rio ist Keiner von uns bekannt, und beim Herrn Präsidenten in Santa Catharina? Das wäre schade um das Papier, das man damit verschriebe!«

»Und hat ein Director das Recht,« sagte ein anderer Mann, der Tischler Nithal, »daß er mir einen Platz verweigert, wo ich mich niederlassen kann? Ich hab' allerdings noch nicht das baare Geld, aber ich weiß auch, daß sich die Regierung selber die größte Mühe giebt, ordentliche und tüchtige Handwerker in's Land zu bekommen, und der – Herr da treibt mich wieder hinaus, weil ich nicht zu seiner Partei gehöre und in sein krummes Horn stoße.«

»Deshalb braucht Ihr nicht zu gehen, Nithal,« sagte Spenker – »i c h geb' Euch einen Platz auf Credit, auf fünf Jahre, wie's die Regierung thut, und kein Teufel soll Euch von dem herunter bringen.«

»Vergelt's Euch Gott, Meister, und Ihr sollt wahrlich nicht dabei zu Schaden kommen!«

»Das weiß ich und bin nicht bange drum.«

»Und weshalb hat er die Soldaten mitgebracht?« fuhr Rohrland fort – »der Indianer wegen? Unsinn! So lange wir hier sind, und wenigstens seit den letzten zehn Jahren, hat kein Mensch 'was von einer Rothhaut gehört und gesehen. Wenn sie aber an den Gränzen herumschlichen, wohin gehörten die Soldaten denn da anders, als eben an die Gränze, um uns wirklich zu schützen? So aber lagern sie unten am Flusse, mit der ganzen Colonie zwischen sich und den eingebildeten Wilden, die, wenn sie wirklich da wären, alle die Gränz-Colonien abschneiden und selbst die Stadt anzünden könnten, ehe das Militär auch nur ein Wort davon erführe, viel weniger denn zu Hülfe kommen könnte.«

»Ja, das ist, Gott straf' mich! wahr,« sagte Berthold – »da unten am Fluß nutzen sie doch wahrhaftig Nichts, als daß sie wie die Raben stehlen, denn seit sie da sind, kann man kein Ruder mehr fünf Minuten lang unbewacht in einem Canoe liegen lassen, oder fort ist's, und da klage nachher einmal Jemand – was wär's dann? D i e Halunken verrathen einander schon lange nicht.«

»Guten Abend mit einander,« sagte da ein Fremder, der zu ihnen in die Wirthsstube trat, seine Mütze abnahm und sich an einen andern kleinen Tisch allein setzte. Der Mann war sehr ärmlich gekleidet und sah vollkommen aschfarben und krank im Gesicht aus. Er schien auch schwach auf den Füßen, und bat den Wirth um ein Glas Bier und ein Stück Schwarzbrod.

Bohlos brachte es ihm und blieb dann neben seinem Tische stehen.

»Wohl bekomm's!« sagte er – »und wo kommt Ihr denn her? Ihr seid wohl krank gewesen.«

»Danke schön,« antwortete der Mann – »nein, krank gerade nicht, aber das Klima hat mich ein Bißchen heruntergebracht. Wir kommen aus dem Norden.«

»Aus dem Norden? Von Rio?«

»Nein, noch weiter herunter, aus der Provinz Minas Geraes.«

»Alle Teufel – und habt Ihr lange da oben gesteckt?«

»Zehn Jahre,« sagte der Mann, und ein schwerer Seufzer hob seine Brust.

»Da seid Ihr wohl Einer von den Parcerieleuten?« fragte Berthold vom andern Tische herüber – »kommt, setzt Euch mit zu u n s herüber; was hockt Ihr da allein an einem Tisch?«

»Wenn's erlaubt ist,« sagte der Mann demüthig, und nahm sein Bier und Brod und ging hinüber; »ja, Landsmann, wir sind unserer Sieben, die jetzt aus dem Parcerievertrag zurückgekommen, meine Frau und ich und zwei Kinder – drei sind mir gestorben – und mein Schwager mit s e i n e r Familie.«

»Und ist's Euch schlecht da oben gegangen?«

»R e c h t schlecht,« erwiederte der Mann, noch einmal tief aufseufzend – »und wie wir's Alle ausgehalten, begreife ich eigentlich selber noch nicht. Wir waren aber freilich lauter kerngesunde Menschen, wenn ich auch jetzt ein Bißchen abgemagert aussehe.«

Abgemagert aussehe – Du lieber Gott, der Mann glich eher einem Skelett als einem lebendigen Menschen, und schien sich doch geduldig in sein Schicksal zu ergeben! Freilich waren auch durch die lange, schwere Zeit Geist und Körper bei ihm gebrochen.

»Und haben sie Euch schlecht behandelt dort?« fragte Rohrland.

»Ih nu, schlecht behandelt nun gerade nicht,« sagte der Deutsche, »aber arbeiten mußten wir noch viel mehr wie die Sclaven, denn es war Alles Accord-Arbeit, nur konnten wir immer keine Abrechnung kriegen, und unser Herr machte uns manchmal Vorwürfe, daß wir so viel brauchten und immer mehr in Schulden kämen. Ja, lieber Gott, leben mußten wir doch, und weiter wie das Bißchen schlechtes Essen und die nothwendigsten Kleider bekamen wir so Nichts. Wenn sie uns nur gehalten hätten, was uns der Agent in Deutschland damals versprach und was wir auch unterschrieben haben, daß wir nämlich ein Stück Land sollten angewiesen bekommen, was wir uns selber hätten bebauen können – dann wär's gut gewesen.«

»Aber das m u ß t e n sie Euch ja doch geben, wenn's einmal ausgemacht war!« rief der Tischler.

»Ja, lieber Herr, sie gaben's auch,« lächelte der Mann verlegen, »aber nur freilich anders, wie wir's gemeint und verstanden hatten, und wie's uns auch der Agent erklärte – daß das e i g e n e s Land sein sollte. Aber hier war's anders. Ein Stück Land bekamen wir richtig angewiesen – Waldland mit großen dicken Bäumen darauf, und das mußten wir uns urbar machen und wir thaten's auch gern. Alle Sonntage arbeiteten wir darauf bis in die späte Nacht, bis wir's glatt wie meine Hand hatten, und dann bauten wir zwei Jahre drauf was wir brauchten. Wie aber die zwei Jahre um waren, nahm's uns der Eigenthümer weg, pflanzte Kaffeebäume drauf und wies uns ein anderes Stück Land an, wieder mit dicken Bäumen, und wenn wir uns nur ein paar Säcke Bohnen, ein Bißchen Reis und dergleichen ziehen und nicht gar hungern wollten, so mußten wir richtig wieder an die schwere Arbeit gehen, und das ist für Jemanden, der eigentlich an ein kaltes Klima gewöhnt war, bei d e r Hitze da oben wahrhaftig keine Kleinigkeit!«

»Das war ja aber schändlich – und litt denn das die Regierung?«

»Ja, lieber Gott,« sagte der Mann, »es war einmal so ein vornehmer deutscher Herr, so ein Consul, glaub' ich, war's, oben, und der wohnte bei unserm Herrn und ritt immer mit ihm spazieren, und das war ein Tractiren und eine Festlichkeit! Dem klagten wir unser Leid und fragten ihn, ob er uns nicht helfen könnte, denn es ginge uns doch gar zu schlecht und wir wären lauter ehrliche, brave Menschen, die ja nichts Unrechtes wollten, blos ihr Recht. Aber der Herr zuckte die Achseln und meinte, wir sollten nur noch eine Weile geduldig ausharren, bis wir das abgearbeitet hätten, was der Herr für uns ausgelegt habe, und dann wären wir ja wieder frei und könnten thun und lassen, was wir wollten.«

»Und habt Ihr das gethan?« fragte Rohrland.

»Ach nein, lieber Herr,« sagte der Mann wehmüthig – »wie sich's nachher herausstellte, wären wir damit im ganzen Leben nicht fertig geworden. Aber es kam wieder einmal vor ganz kurzer Zeit ein anderer Herr hin und erkundigte sich nach Allem, und dann reiste er wieder fort und kam nachher zurück und sagte uns, wir brauchten nicht mehr dort zu arbeiten, denn unser Herr hätte nicht ordentlich in seine Bücher eingeschrieben, was der Kaffee gekostet und was er verdient habe an uns, und es wäre sehr leicht möglich, daß wir unsere Schuld schon zehn Mal bei ihm abgearbeitet hätten. Aber es ließe sich Nichts weiter dagegen machen, denn er sei ein sehr vornehmer Herr, und hätte eine Menge Verwandte in Rio – und der Brasilianer wollte uns auch n o c h nicht fort lassen, aber da wurden wir böse, und wie er sah daß er Nichts mehr ausrichten konnte, da ließ er uns eben ziehen.«

»Und habt Ihr Euch in der ganzen langen Zeit gar Nichts verdienen können?« fragte Spenker kopfschüttelnd – »zehn Jahre waret Ihr dort oben, nicht wahr?«

»Zehn Jahre und zwei Monate,« bestätigte der Mann – »aber verdienen? Du lieber Gott! Nichts als was wir auf dem Leibe tragen, und vielleicht Jeder noch ein Hemd zum Wechseln. Ja, in dem Brasilien geht das nicht so rasch.«

»Nicht so rasch?« rief Rohrland erschüttert von der einfachen, rührenden Schilderung des Mannes, »der Zuhbel, der Benkhof, der Binder, der Metweiher, der Wurzer, die sind alle nur erst zehn Jahre hier, der Bellheim erst acht, der Bastel drüben gar erst sieben, und mit Nichts herübergekommen, mit Nichts in der Gotteswelt als einer kleinen Lade voll Wäsche und einige achtzig Milreis Schulden obendrein, und kommt zu denen hinaus, seht, was sie für eine hübsche Chagra, Vieh, Ackergeräth, Häuser und gesunde Familien haben, und abgehen ließen sie sich in der Zeit doch auch wahrlich Nichts.«

»Ja, Manchem glückt's,« seufzte der Mann – »aber die Gegend soll ja auch gut sein, und der Herr, der uns frei gemacht und uns auch freie Fahrt auf dem kleinen Schiff hieher geschafft hat, gab uns die Versicherung, daß wir hier ein Unterkommen finden und von dem Director Unterstützung bekommen würden. – Aber 's ist wieder Nichts, und was wir jetzt mit uns anfangen sollen, weiß nur Gott – ich nicht!«

»Wart ihr schon bei dem Director?« fragte Spenker rasch.

»Ja – unserer Drei. Wir baten ihn um ein Stückchen Land und ein paar Milreis Subsidiengelder, daß wir nur anfangen könnten – lieber Gott, schaffen wollen wir ja schon und können's auch. Aber er schlug es uns rund ab und meinte, wer schon zehn Jahre in Brasilien sei und noch keinen ordentlichen Rock auf dem Leibe hätte, mit dem wolle er auch Nichts zu thun haben, und je eher wir machten, daß wir wieder aus seiner Colonie kämen, desto besser.«

»Aus s e i n e r Colonie?« rief Berthold in voller Entrüstung – »na, Gott straf' mich, 's wird doch alle Tage besser! Aus s e i n e r Colonie! Aber heute geht Ihr noch nicht, Ihr Leute, und morgen auch nicht und übermorgen auch nicht, und dann wollen wir doch einmal sehen, ob die Colonisten hier in der Nachbarschaft nicht so viel zusammen auftreiben können, um ein paar arme Landsleute, die zehn Jahre in der Sclaverei gewesen, wieder auf die Beine zu bringen. He, Landsleute!« wandte er sich, plötzlich aufstehend, an die übrigen Gäste, von denen sich nach und nach eine ziemliche Zahl im Zimmer gesammelt und an den verschiedenen Tischen vertheilt hatte – »hier sind zwei arme deutsche Familien eben aus so einem schurkischen Parcerievertrag von Minas Geraes herunter gekommen – krank dabei und elend, denen der Director Subsidien verweigert, und die er wieder aus der Colonie jagen will, weil sie kein Geld mitbringen. Sollten wir denn nicht hier unter uns so viel zusammenbringen können, um den armen Leuten einen vergnügten Abend zu machen und ihnen zu beweisen, daß sie wieder unter Landsleuten und nicht unter Sclavenhaltern sind? Hier ist von mir ein Milreis – wer hat noch ein Bißchen klein Geld bei sich?«

»Hier ist auch einer – hier auch einer!« rief es von allen Seiten – »hier sind fünf,« sagte der Bäckermeister, »und hier auch,« erwiederte Rohrland, und es dauerte keine zehn Minuten, so war die Mütze des Schneiders mit Silbermünzen fast halb angefüllt.

»Da, nun gebt einmal E u r e Mütze her,« lachte Berthold den armen Teufel an, der ganz verdutzt und seinen Sinnen kaum trauend daneben stand, indem er ihm das Geld klirrend hineinschüttelte – »so, nun lauft heim und zeigt's Eurer Frau und Eurem Schwager – denn für den ist's auch mit, und morgen reden wir weiter, wo wir ein paar Colonien für Euch herbekommen. Nur nicht ängstlich; es geht Alles in der Welt, wenn man's nur auf der rechten Seite anfaßt.«

»Ja, aber du lieber Gott ...« stotterte der Mann.

»Fort mit Euch!« rief aber der Schneider, der ihm die Verlegenheit ersparen wollte, und schob ihn lachend zur Thür hinaus – »wenn Ihr wollt, könnt Ihr nachher wieder herkommen, aber jetzt liefert erst Eure Capitalien ab.«

»O, so vergelt's Ihnen Gott tausend und tausendmal!« rief der Überglückliche, aber Berthold hatte die Thür schon hinter ihm zugemacht.

Immer mehr Gäste kamen herein, so daß sich das große Zimmer ziemlich gefüllt hatte, und das Gespräch wurde immer lebhafter, gab es doch heute auch genügenden Stoff, um bei einem Glas Bier oder Wein die Tagesfragen gehörig durchzunehmen! Das junge Volk aber, das sich darüber bald ausgesprochen hatte – denn Keiner von Allen glaubte, daß Köhler länger als bis morgen früh zu sitzen haben würde – fing an zu singen. An dem einen Ecktisch bildete sich ein Quartett, und »Ännchen von Tharau«, »Wir sitzen so fröhlich beisammen« und eine Menge andere deutsche Lieder wurden vorgenommen.

Bohlos' Hotel war nämlich das beliebteste in Santa Clara, denn man wußte jetzt, daß Buttlich nur eine Creatur des neuen Directors war, und wollte Nichts mit ihm zu thun haben.

Indessen war es neun Uhr geworden, als die Thür plötzlich aufging, einer der braunen brasilianischen

Soldaten den Kopf hereinsteckte und in portugiesischer Sprache nach dem Wirth fragte. Bohlos, der gerade, eine Partie Bierkrüge in der Hand, an der Thür vorbeigehen wollte, blieb stehen, sah den Burschen an und fragte:

»Na? Was ist nu wieder los?«

»Es ist neun Uhr,« erwiederte der Soldat, der jetzt voll in's Zimmer trat.

»So?« sagte Bohlos, »bist Du Nachtwächter hier im Orte geworden?«

»Es ist neun Uhr,« wiederholte jedoch der Bursche, »und der Director hat befohlen, daß um neun Uhr alle Leute nach Hause gehen und daß nicht mehr gesungen wird.«

»Nanu?« rief Bohlos, beinahe stumm vor Staunen.

»Was ist los? Was giebt's da?« riefen eine Menge Gäste durch einander, welche den Soldaten bemerkt hatten und Bohlos' Erstaunen sahen. »Was will er, Bodenlos? Ist er durstig?«

»Polizeistunde, bei Gott!« rief jetzt der Wirth, »und das Singen stört den Herrn Director.«

»Da soll er sich doch Baumwolle in die Ohren stecken,« lachte Berthold – »Polizeistunde, na, weiter fehlte Nichts in Brumsilien!«

»Alle sollen nach Hause gehen und Singen aufhören!« schrie der Soldat über den ganzen Lärm hinaus, und stieß dabei seinen Gewehrkolben heftig auf den Boden nieder, und wie er das gethan hatte, antwortete es draußen dem Signal. Die Gewehrkolben ziemlich der ganzen Mannschaft stießen draußen auf, die Thür wurde aufgerissen, und die Gäste sahen zu ihrem Staunen, daß hier wirklich Ernst gemacht wurde.

»Ei, da schlag' denn doch ein Himmeldonnerwetter drein!« schrien aber ein paar von den jungen Leuten, die sich einer solchen boshaften Willkür nicht gutwillig fügen mochten, und sprangen von ihren Sitzen auf. Die Soldaten wollten jetzt in's Zimmer dringen, aber die deutschen Burschen faßten ein paar von den braunen, verlebten Gestalten, daß diese eben nicht sanft und pfeilschnell auf ihre Kameraden zurückflogen, und es wäre jedenfalls zu einer ganz ordentlichen Schlägerei gekommen, wenn nicht Bohlos dazwischen gesprungen wäre.

»Meine Herren,« rief er auf die Gäste ein, »ich bitte Sie um Gottes willen, widersetzen Sie sich nicht den, wenigstens angeblich gesetzlich gegebenen Anordnungen des Directors, der auch zugleich Delegado ist. Sie wissen nicht, in was für Schererei wir deshalb kommen können. Thun Sie m i r den Gefallen und gehen Sie heute Abend ruhig nach Haus – morgen wollen wir dann schon sehen, was sich in der Sache thun läßt.«

Es gelang ihm auch wirklich, die Ruhe wieder herzustellen, und die Gäste folgten seinen Bitten und verließen – aber alle mit bitteren Flüchen auf den Director in portugiesischer Sprache, damit es die Soldaten verstehen sollten – das Hotel. Draußen aber formirten sie sich zwei Mann hoch und zogen jetzt Arm in Arm und laut singend und jubelnd vor des Directors Haus. Natürlich schlossen sich ihnen noch gleich eine Menge anderer Colonisten an, und das Resultat war dann eine ganz richtige deutsche Katzenmusik, die ihrem weltlichen Oberhaupt in der Stille der Nacht gebracht wurde; dann zerstreuten sie sich lachend durch den Ort, um ihre eigenen Wohnungen aufzusuchen.

Etwa drei Viertelstunden später traten drei Soldaten in Bohlos' Hotel, gingen in die nur von einem Talglicht erhellte und sonst vollkommen leere Gaststube, und verlangten eine Flasche Branntwein zu kaufen.

»Thut mir leid, meine Herren,« sagte Bohlos ruhig – »Sie haben mir im Namen des Herrn Directors selber verboten, nach neun Uhr noch Etwas auszuschenken; von mir können Sie also Nichts bekommen. Ich habe übrigens gesehen, daß sich das Verbot nicht auf den andern Wirth Buttlich auszudehnen scheint. Bei dem sitzen die Gäste noch fest; wenn Sie also Branntwein haben wollen, bemühen Sie sich dort hinüber.«

Indessen waren noch drei oder vier andere Soldaten nachgekommen, und sprachen leise mit den übrigen. Endlich drehten sie sich, um hinauszugehen.

»Hier ist's verdammt dunkel!« rief der Eine, und da er draußen ein Gepolter hörte, nahm Bohlos das Licht vom Tisch und trat hinaus auf den Hausflur. In dem Augenblick sah er, daß einer der Soldaten mit einem großen Zaunpfahl, den er von draußen mit hereingebracht hatte, gegen ihn ausholte. Er behielt eben noch Zeit, seinen rechten Arm empor zu werfen, um sich vor dem Schlag zu schützen, als dieser mit voller Wucht auf ihn niedertraf. Unwillkürlich stieß er einen Schmerzens- und Hülfeschrei aus, als die Soldaten lachend und fluchend aus der Thür sprangen, und im nächsten Augenblick im Dunkel draußen verschwunden waren.

Bohlos' Frau kam jetzt aus ihrem Zimmer gestürzt, und die Dienstleute eilten herbei. Bohlos aber, der noch mit dem Licht in der Hand, doch todtenbleich vor ihnen stand, sagte ruhig:

»Lauf doch einmal Einer von Euch zum Bader. Die Halunken haben mir den Arm zerbrochen« – und sank dann ohnmächtig zusammen.

6.
Vorbereitungen.

So lange die Colonie Santa Clara stand, hatte noch keine solche Aufregung geherrscht, wie in diesen Tagen, und es fehlte wahrlich nicht viel, so wäre eine wirkliche Revolution ausgebrochen. Nur die älteren Leute hielten das junge Volk noch zurück, daß sie nicht das Directions-Haus stürmten und Herrn von Reitschen selber »zu allen Teufeln« jagten.

Herr von Reitschen mochte auch etwas Ähnliches fürchten, denn die Stimmung gegen ihn k o n n t e ihm nicht verborgen bleiben, und er hatte zwölf Mann seines sogenannten Indianerschutzes unten in sein eigenes Haus gelegt, wo sie mit geladenen Gewehren Wache halten mußten. Die Übrigen waren theils vor das Gefängniß, theils in das »Auswanderer-Haus« postirt worden, und die armen Parcerie-Arbeiter hätten am Fluß-Ufer lagern müssen, wäre ihnen nicht durch Bohlos eines seiner Hintergebäude angewiesen worden.

Bohlos' Arm war übrigens durch den Schlag dicht über dem Handgelenke wirklich gebrochen, und auf eine Klage seiner Frau bei dem Director erwiederte dieser:

Bohlos sei ein widerspänstiger Gesell und in seinem Hause gestern sogar offene Widersetzlichkeit gegen die Militärgewalt vorgefallen, was übrigens noch weiter geahndet werden würde. Diesen Fall nun betreffend, der unwahrscheinlich genug klinge, daß der Wirth nämlich von einem Polizeisoldaten solle ohne weitere Veranlassung überfallen und ihm der Arm zerschlagen sein, so möge er den betreffenden Soldaten bringen und die Sache werde dann weiter untersucht werden.[3]

Natürlich war das unmöglich, denn auf dem dunklen Hausflur, zwischen den braunen, schmutzigen Gesichtern, alle in ähnlicher Uniform, die sich selbst am Tag auffallend glichen, wäre es ganz unmöglich für Bohlos gewesen, den Thäter mit Bestimmtheit bezeichnen zu können – und vielleicht wußte das auch der Director, denn es geschah weiter Nichts in der Sache. Wohl aber wurde Bohlos drei Tage später davon in Kenntniß gesetzt, daß er »wegen Widersetzlichkeit gegen die Behörden« fünfzig Milreis Strafe zu zahlen habe, und ihm, bei einem Wiederholungsfalle, die Schankgerechtigkeit entzogen werde.

Und Köhler kam nicht frei. Erst am fünften Tage, als das Gesicht des Directors nicht mehr so deutlich die Spuren der erlittenen Mißhandlung zeigte, wurde er zum e r s t e n Mal zu seinem Verhör geführt und – als er nicht bekennen wollte – wieder in seine Zelle zurückgebracht.

Könnern war indessen abwesend und nach irgend einer andern Colonie geritten, Niemand wußte wohin. Als er aber nach acht Tagen zurückkehrte, saß Köhler noch immer, und er beschloß jetzt den Director selber aufzusuchen. Der Erfolg war indessen, wie er sich hätte voraus denken können, kein günstiger, denn daß ihm der Director nicht freundlich gesinnt sei, da dieser ihn als Sarno's Freund kannte, läßt sich denken. Außerdem war er Zeuge oben auf Köhler's Chagra gewesen, wie er jene Mißhandlung erlitten, und mit aller Höflichkeit und einigen nichtssagenden Redensarten wurde der junge Mann abgespeist, daß er das Directionsgebäude empört verließ.

Was jetzt thun? Er war fest entschlossen, die Sache zum Äußersten zu treiben, und beschloß nun Günther aufzusuchen und dessen Rath einzuholen. Günther stak aber irgendwo im Walde bei seinen Vermessungen, Niemand konnte ihm genau die Stelle angeben, wo er ihn möglicher

Weise treffen würde, und es dauerte drei Tage, bis er ihn endlich in seinem aufgeschlagenen Lager fand.

Hier erzählte er Günther mit kurzen Worten die Vorgänge in Santa Clara, und dieser saß dabei, nickte mit dem Kopfe und lächelte nur still vor sich hin.

»Ich hab' mir's gedacht, daß es etwa so kommen würde,« sagte er endlich, »und der Herr Baron scheint seiner Protectorin alle Ehre zu machen; aber ich denke, sein Spiel soll nicht ewig dauern. Haben Sie guten Muth, Könnern, dem armen Teufel, dem Köhler, können sie doch Nichts anhaben, denn das darf er nicht wagen, und er läßt es auch nicht zum Äußersten kommen, und wenn es jetzt für unseren jungen Freund auch schlimm genug ist, von dem allerliebsten Frauchen so lange getrennt zu sein, kann er sich doch darauf verlassen, daß er glänzende Genugthuung erhält. Also Ihr habt den Herrn Director droben auf verbotenen Wegen erwischt? Was gäb' ich nicht drum, wenn ich dabei gewesen wäre und das später einmal der Frau Präsidentin hätte recht ausführlich erzählen können! Aber die alte Geschichte – wenn's Brei regnet, fehlt mir jedes Mal der Löffel – so 'was Gutes kommt an mich nicht!«

»Und können Sie mit hinunter?«

»Ja,« sagte Günther nach einigem Zögern – »das heißt heute nicht mehr, aber morgen Abend oder spätestens übermorgen früh habe ich meine Arbeiten hier oben so weit beendet, daß ich das Übrige an jeder andern Stelle fertig machen kann – mein neuer Hülfsarbeiter hat mich aber auch wacker dabei unterstützt.«

»Und haben Sie sich leicht in die Arbeit gefunden, lieber Graf?«

»Vortrefflich!« lachte der junge Mann – »und außerdem hatte ich nie im Leben wirklich geglaubt, daß ich noch je einmal zu Etwas nützlich sein könnte, während ich sogar jetzt das volle Vertrauen des von der Regierung angestellten Beamten besitze.«

»Du findest gewiß noch solche Freude an dieser Beschäftigung,« sagte Günther, »daß Du wacker dabei aushältst, und gar noch ebenfalls brasilianischer Beamter wirst.«

»Möglich, aber nicht wahrscheinlich,« sagte Felix achselzuckend; »jedenfalls hat es mir hier geholfen eine Quantität Zeit todtzuschlagen, und das ist schon immer ein unberechenbarer Gewinn, den ich selber gar nicht hoch genug anzuschlagen weiß.«

»Du bist unverbesserlich!« lachte Günther – »und nun wieder an die Arbeit, denn wenn ich bis morgen fertig werden will, haben wir Beide noch genug zu thun.«

Die Arbeit wurde in der That in der angegebenen Zeit beendet, aber doch zu spät, um noch an dem nämlichen Abend an den Abmarsch denken zu können, den sie auf den andern Morgen mit Tagesanbruch festsetzten.

»Und haben Sie Nichts wieder von jenem alten Mann und seiner Tochter gehört?« fragte Günther den Freund, als er mit ihm zusammen einen Waldweg nach Santa Clara hinüber ritt – Felix war gerade ein Stück zurückgeblieben.

»Nichts – gar Nichts,« sagte Könnern leise – »ich habe sie sogar gesucht – ich bin fünf Tage nach ihnen in der ganzen Nachbarschaft umher geritten, und die ersten zwei ihrer Spur gefolgt. Dann war diese urplötzlich verschwunden. Kein Mensch konnte mir weitere Nachricht von den Verschollenen geben, und der Gedanke ist mir jetzt furchtbar, daß ihnen, allein und hülflos wie sie waren, ein Unglück zugestoßen sein könne. Meine arme, arme Elise!«

»Spurlos verschwunden?« sagte Günther, ungläubig mit dem Kopf schüttelnd – »wie wäre das h i e r in der Colonie m ö g l i c h ?«

»Und warum nicht? Sobald sie die Hauptstraße verlassen und sich nach rechts oder links in den Wald ziehen, wo überall noch einzeln zerstreute Hütten liegen, wer soll ihnen da folgen? Und ehe ich sie aufzufinden vermöchte, können sie verdorben sein.«

»Und von dem Mörder des Schneiders hat man ebenfalls keine Spur? Gar keinen Verdacht?«

»Keinen – der liederliche Gesell hatte zu wenig Geld bei sich, als daß das könnte einen Menschen zum Morde gereizt haben, und, kleine Häkeleien ausgenommen, hat er sich auch Niemanden in der Colonie so zum Feinde gemacht, daß man glauben könne, der Mord sei irgendwie aus Rache verübt. Es bleibt räthselhaft.«

»Der Director kann doch unmöglich Köhler für schuldig halten?«

»Sicher nicht,« sagte Könnern, »aber eine bessere Gelegenheit fände er im Leben nicht, sich an dem zu rächen, der ihn einmal mißhandelt hat, und daß er sie eben benutzt, liegt in seiner Natur.«

»Gut, dann wollen wir einmal sehen, was wir gegen ihn ausrichten können. Die erste Warnung vor dem Mann, der hierher als Director gesetzt ist, hat der Minister des Innern schon von mir aus Santa Catharina bekommen; jetzt ist Nichts weiter nöthig, als in Santa Clara die genauen Daten der letzten Vorfälle zu sammeln, und dann gehe ich selber mit der nächsten Gelegenheit nach Rio ab, um das Weitere zu betreiben.«

»Sie wollen wirklich fort – und dann nach Deutschland?«

»Dann nach Deutschland, nach meinem Thüringen!« rief Günther, und spornte fast unwillkürlich sein Pferd zu schärferem Trab, als ob ihn schon der Gedanke seinem Ziele rascher entgegenführe.

»Und Sie kommen vorher nicht noch einmal hieher zurück?«

»Hieher? Gewiß nicht! Ich habe das wilde, unstäte Leben recht von Herzen satt bekommen und muß doch jetzt auch wieder einmal fühlen lernen, wie einem wirklichen Menschen zu Muth ist. Sechs Jahre, Könnern – sechs Jahre lebe ich jetzt hier, mit dem Bewußtsein, daß Alles, was mir lieb und theuer auf der Welt ist, da drüben treu und geduldig, aber mit immer wachsender Sehnsucht meiner harrt. Jetzt ist's genug! Der Brief, der mich drüben anmeldet, ist schon damals von Santa Catharina abgegangen; jetzt habe ich weiter Nichts in Rio zu thun, als meine Berechnungen vorzulegen und mein Geld einzucassiren – wobei ich aber dafür sorgen werde, daß Sarno Gerechtigkeit widerfährt, und dann mit dem nächsten Dampfer heim – heim – es giebt ja gar kein schöneres Wort in unserer reichen, deutschen Sprache – h e i m !«

Könnern war schweigend neben ihm hingeritten, denn die heiße Sehnsucht, welche den Freund zurück in die Heimath trieb, fand in s e i n e m Herzen keinen Wiederklang. Für ihn war die Heimath todt und leer, denn all' s e i n Hoffen, all' s e i n Lieben deckten die düsteren Schatten des brasilianischen Urwaldes – vielleicht schon mit Todesnacht – arme Elise!

Noch an demselben Nachmittag erreichten sie die Colonie, in der sich in den Tagen Nichts verändert hatte, das ausgenommen, daß die Erbitterung gegen den Director fast noch mit jedem Tage gestiegen war. Herr von Reitschen verkehrte jetzt auch nur noch mit dem Baron und der

Gräfin; die gewöhnlichen Colonisten durften seine Stube gar nicht mehr betreten und wurden stets auf dem Vorsaal abgefertigt, wo sie mit abgezogenem Hut warten mußten, bis der Herr Director einmal einen Augenblick zu ihnen heraustrat.

Günther von Schwartzau ließ sich übrigens, als er Alles das erfuhr, gar nicht bei ihm melden und sandte ihm nur ein paar Zeilen, worin er ihm anzeigte, daß er seine Arbeiten in der Colonie beendet habe und mit der ersten Gelegenheit nach Rio Janeiro gehen würde. Wünsche der Herr Baron ihn zu sprechen, so sei er Morgens bis zehn Uhr in Bohlos' Hotel zu finden.

Natürlich kam Herr von Reitschen, über eine solche Zumuthung empört, n i c h t, arbeitete aber dafür sehr fleißig an verschiedenen Depeschen, die allen möglichen ungünstigen Berichten in Rio entgegenwirken sollten. Wußte er doch recht gut, daß er an Herrn von Schwartzau keinen Fürsprecher finden würde.

Könnern hatte den Mittag wieder einen vergeblichen Versuch gemacht, bei dem Gefangenen vorgelassen zu werden, und saß eben in seiner Stube mit einiger Correspondenz beschäftigt, die Günther mit nach Rio nehmen sollte, als es an die Thür klopfte. Er rief: »Herein!« und im nächsten Augenblicke steckte Jeremias sein dickes, gutmüthiges Gesicht, aber mit einem besondern Grad von Vorsicht, in die Thür.

»Heda, Jeremias!« rief Könnern, der den kleinen, komischen Burschen gern leiden mochte, noch dazu da er wußte, wie treu er früher an Sarno gehangen – »läßt Du Dich denn auch einmal wieder sehen?«

»Wieder sehen?« sagte Jeremias, nachdem er sich überzeugt hatte, daß Könnern allein im Zimmer sei – »Sie

108

haben mich wohl erwartet, und i c h laufe mir seit beinahe einer Woche im ganzen Neste die Beine ab und suche den Herrn Könnern in allen Winkeln und Ecken.«

»Mich – und weshalb? – Ich war im Walde draußen.«

»Na ja, das hab' ich mir etwa gedacht, aber – wollen Sie mir einen Gefallen thun?«

»Wenn ich kann, recht gern, doch jetzt bin ich beschäftigt.«

»Wie lange?«

»Ist es so wichtig?«

»Ja.«

»Nun denn, heraus damit!«

»Hier nicht. Sie müssen einen Spaziergang mit mir machen.«

»Was hast Du denn nur, Du thust ja so geheimnisvoll?«

»Es ist auch ein Geheimniß,« sagte Jeremias, sich leise und scheu umsehend, »das ich zwischen den papiernen Wänden hier nicht auskramen möchte, denn man weiß nicht wer dahinter steckt.«

»Und wie lange wird es mich aufhalten?«

»Eine gute Stunde – vielleicht zwei – vielleicht eine Woche.«

»Alle Teufel,« lachte Könnern, »Dein Geheimniß scheint dehnbar zu sein; doch dann laß mich erst diesen Brief schließen und siegeln, nachher habe ich eine Stunde Zeit für Dich – vorausgesetzt aber, daß es wirklich wichtig ist.«

Jeremias antwortete gar nicht; er setzte sich ruhig auf

einen Stuhl, seinen Hut zwischen den Knieen, und wartete dort geduldig, bis Könnern seine Correspondenz völlig beendet und seine Schreibmaterialien weggeschlossen hatte. Dann erst, als er seinen eigenen Hut nahm und nun sagte: »So komm!« stand er auf, öffnete dem jungen Mann die Thür und folgte ihm die Treppe hinunter.

»Und wohin wollen wir?« fragte Könnern, unten angelangt, und sah zu seinem Erstaunen, daß ihm Jeremias schon sein Pferd gesattelt und angebunden hatte – »ist es so weit?«

»Nein,« meinte Jeremias; »aber Sie können's sich eben so gut bequem machen. Nur den Berg hinauf steigen Sie ab und ich erzähle Ihnen dann die ganze Geschichte.«

Könnern wurde wirklich neugierig; Jeremias hielt sich aber hinter seinem Pferde, bis sie den Fuß des Hügelrückens erreichten, über den der Weg nach Zuhbel's Chagra führte. Dort sprang er vor, hielt Zügel und Steigbügel, bis der Reiter abgestiegen war, nahm dann das Pferd am Zügel und begann nun, ohne die geringste Vorbereitung, Könnern, zu dem er ein großes Vertrauen hegte, seine ganzen Geldverhältnisse zu erzählen und ihm den Platz zu beschreiben, wo er den Sack versteckt gehalten. Dann kam er auf den Abend, an dem er das vom Director Sarno erhaltene Geld dort einheimsen wollte, und zuletzt zu seinem Abenteuer, wie ihm der Dieb seines eigenen Geldes, den gestohlenen Sack, freilich unfreiwillig, vor die Füße geworfen habe, und dann in wilder Flucht in den Wald gesprungen sei. – Sie hatten indeß dieselbe Stelle erreicht und Jeremias konnte dem jungen Mann genau den Fleck zeigen, wo der Verbrecher gestürzt und in den Busch hineingebrochen war.

»Ja, mein guter Jeremias,« sagte Könnern endlich, »das ist eine ganz interessante und höchst wunderbare Geschichte, aber – nimm mir's nicht übel – was geht m i c h das eigentlich an?«

»Das will ich Ihnen gleich sagen,« erwiederte der kleine Bursche, nicht im Mindesten dadurch gekränkt. »Sie wissen doch, daß sie den Köhler, als des Mordes verdächtig, eingesperrt haben? – ich weiß aber jetzt wer der wirkliche Mörder ist.«

»Du – Du kennst ihn?« rief Könnern rasch und erstaunt.

»Ahem!« nickte Jeremias entschieden mit dem Kopfe – »Bux.«

»Bux? – Wer ist Bux?«

»Sie kennen Buxen nicht? – den Bauchredner, den Lump?«

»Und wo ist er jetzt?«

»Pfutsch!« sagte Jeremias mit einer entsprechenden Handbewegung.

»Und woher glaubst Du das?«

Jeremias holte, ohne zu antworten, aus seiner Tasche ein altes Klappmesser und zeigte es Könnern.

»Sehen Sie,« sagte er, »das hat der Lump bei der Arbeit verloren und im Stich gelassen. Es war mir auch gleich so, wie er an mir vorübersprang, als ob ich die Canaille kennte. In der Stadt hab' ich mich indessen vorsichtig erkundigt, wem das Messer gehört, und der Buttlich kannt' es und wollt' es mir abnehmen. – So, und jetzt steigen wir zu meinem Versteck hinauf, in dem das Messer eingeklemmt war, und dort zeig' ich Ihnen die ganze Bescheerung, auch den Platz, wo der Mann erschlagen ist.«

»Und weshalb sollte der den Schneider ermordet haben?«

»Die Sache ist einfach genug,« sagte Jeremias, der mit ziemlich richtiger Combination der That folgte. »Die beiden Lumpen, denn der Justus war nicht um ein Haar besser, haben mir, Gott weiß w i e, nachgespürt, oder auch vielleicht hier oben irgendwo gerade Etwas ausgeheckt, als ich vorbei kam. Nachher sind sie mir nachgekrochen und haben mein Versteck gefunden; dann hat der Bux den Schneider auf den Kopf geklopft, um den ganzen Sack für sich allein behalten zu können. Mit dem bösen Gewissen aber und dem Mord auf der Seele bekam er die Angst, sah nicht auf den Weg, stürzte und glaubte nun im ersten Schrecken, als er eine Stimme neben sich hörte, er solle des Mordes wegen abgefaßt werden, weshalb er, wie vom Teufel gehetzt, in die Büsche fuhr.«

»Bux? – Bux? – Ich kann mich auf den Menschen gar nicht besinnen.«

»Aber ich bitte Sie,« sagte Jeremias – »der Liedrian, der immer einen Tressenstreifen um die Mütze trug.«

»Der?« rief Könnern, rasch auffahrend – »den hab' ich neulich auf meinem Ritt in die Colonien getroffen. – Es war ihm Etwas geschehen, ich glaube, sein Lastthier, ein Esel oder Maulthier, war ihm gestürzt, und er mußte dort bei einem Bauer liegen bleiben.«

»Dann kriegen wir ihn auch,« sagte Jeremias bestimmt.

»Aber weshalb, um Gottes willen, hast Du den Verdacht, der fast an Gewißheit gränzt, nicht schon lange ausgesprochen?« rief Könnern vorwurfsvoll – »und der arme Köhler sitzt die ganze Zeit!«

»So?« sagte Jeremias, »und wenn ich Etwas gegen den Buttlich oder einen von den Consorten hätte merken lassen, dann wär' der Bux wohl nicht unter Hand gewarnt worden, nur um den Köhler noch ein Bißchen länger unter

dem Daumen zu halten? Und dann, sollt ich's d e n e n
wohl auch auf die Nase binden, daß ich so viel Geld hätte,
um es verstecken zu müssen? – Über jeden Milreis würden
sie mir Rechenschaft abverlangt haben, und meines eigenen
Lebens wäre ich von da an keinen Augenblick mehr sicher
gewesen. Nein, lieber nicht, und ich hätt's auch jetzt noch
nicht, und selbst Ihnen nicht gesagt, wenn nicht – der
Köhler heute krank geworden wäre. Der arme Teufel hält die
Hitze in dem Loche aber nicht mehr lange aus, und wenn
dem 'was passirte – d a s möcht' ich nicht auf dem Gewissen
haben – da noch lieber die Angst, bestohlen zu werden.
Fassen sie den Bux, so kommt's nachher mit m e i n e m
Gelde auch heraus, das ist sicher, denn gestehen muß er und
wird er, weshalb er den Justus todtgeschlagen. Nachher
freue ich mich aber nur auf das dumme Gesicht von ihm,
wenn er erfährt, wo er sein Geld die Nacht hingeworfen hat,
und daß ich beinahe eben so erschreckt gewesen wäre, als er
selber.«

»Dann wollen wir augenblicklich hinunter und die
Anzeige machen,« rief Können rasch.

»Nein,« sagte Jeremias ruhig, »wir wollen gerade das
Gegentheil thun und augenblicklich hinaufsteigen und
meinen Versteck betrachten, damit Sie sich erst von Allem
überzeugen, und nachher noch lange keine Anzeige
machen, bis wir den Bux fest haben. Wissen Sie ungefähr
wo er steckt, so wird das auch nicht so schwer halten, und
wenn wir dem Herrn Director dann die Beweise unter die
Nase reiben, m u ß er den Gefangenen herausgeben, oder –
wir stecken ihm das Haus über dem Kopf an und räuchern
ihn zum Tempel hinaus. Gott straf' mich, es wird überhaupt
Zeit, daß die Wirthschaft einmal ein Ende nimmt!«

Können mußte sich, er mochte wollen oder nicht, dem
kleinen Burschen fügen, der sein Pferd in das Dickicht

führte und dort anband und dann mit ihm in die Schlucht hinaufstieg, damit er mit dem Terrain genau bekannt würde. Dabei erzählte er ihm eine Menge Einzelheiten aus Bux' Leben, wie er seine Familie mißhandelte und sich überhaupt die kurze Zeit in der Colonie benommen habe, und kehrte dann Nachmittags mit dem jungen Mann nach Santa Clara zurück, wo dieser ohne Säumen die beiden Freunde aufsuchte, um mit ihnen das Nöthige zu berathen.

Herr von Schwartzau billigte auch ganz Jeremias' Vorschlag: vor allen Dingen sich der Person des wahrscheinlichen Mörders zu versichern, ehe man gegen den Director ein Wort von dem Verdacht äußerte. Es schien allerdings kaum möglich, daß dieser, nur um einem Gefühl der Rache zu folgen, dem wirklichen Verbrecher Gelegenheit zur Flucht verschaffen würde, aber – sicher blieb sicher, und er hatte nachher keine Ausrede mehr.

Graf Rottack erbot sich augenblicklich, Könnern zu begleiten, brachte das doch einmal eine Abwechslung in sein monotones Leben, wie er meinte, und die jungen Leute beschlossen, keinem Menschen ein Wort von ihrer Expedition zu sagen. Daß Jeremias schwieg wußten sie außerdem, und je geheimer das Ganze betrieben wurde, auf desto sicherern Erfolg konnten sie rechnen.

An dem nämlichen Tage hatten fast sämmtliche Einwohner Santa Clara's auf Günther's Veranlassung eine Adresse an die Regierung in Rio aufgesetzt und unterzeichnet, in der sie mit einfachen aber klaren Worten die gegenwärtigen Verhältnisse und deren Rechtszustand schilderten und um Abhülfe baten. Sie sagten außerdem darin, »sie wollten die Regierung nicht drängen, ihren jetzigen Director wieder abzurufen, obgleich es keinen verhaßteren Menschen in der Colonie gäbe, aber das könnten sie verlangen, daß wenigstens ein ehrlicher Mann als Delegado ihnen zugetheilt würde und die Polizeigewalt, nicht länger in Einer Hand mit der bürgerlichen Obrigkeit sei. Die Colonisten wären sonst verrathen und verkauft und hätten keinen Platz in der Welt, wo sie Recht und Gerechtigkeit bekommen könnten, als das abgelegene und schwer zu erreichende Rio de Janeiro.«

Der eigentliche Postdampfer, der zwischen den Colonien und Rio, angeblich regelmäßig, lief, wäre allerdings schon wieder seit zwei Tagen fällig gewesen, aber es herrscht unter den Dampfern aller jener Linien an der brasilianischen Küste eine solche consequente Unregelmäßigkeit, daß man nie mit Sicherheit darauf rechnen konnte; ja, es war schon vorgekommen, daß der eine vierzehn Tage über seine Zeit ausblieb und der andere dann dicht hinter ihm her oder mit ihm gar zu einer Zeit eintraf.

Günther wollte sich also dem nicht aussetzen und nahm Passage auf einem nach Rio bestimmten Schooner, demselben, der die Parcerie-Colonisten hieher gebracht und indessen eine Ladung Bohnen, Maniokmehl und etwas geräuchertes Fleisch eingenommen. Er hatte die ganze Nacht gearbeitet und seine Karte über die Vermessung der Colonie beendet und copirt, da er die Copie dem Director zurücklassen mußte, schickte ihm dieselbe am nächsten Morgen in's Haus und nahm dann von den Freunden Abschied, die ihn bis zur Landung hinunter begleiteten. Beide junge Leute versprachen ihm auch fest, ihn in der Heimath aufzusuchen, sobald sie selber wieder Fuß auf deutschen Boden setzen würden, und eine halbe Stunde später sprengten Graf Rottack und Könnern auf der Straße hinaus, die an der Meierei vorüber in den Wald führte.

7.
Bux auf der Flucht.

»Was wir doch eigentlich für ein wunderliches, abenteuerliches Leben führen,« brach Felix endlich das Schweigen, denn Könnern's Herz war heute, wo er sich dem Platze wieder näherte, an dem er Elisen zum ersten Mal gesehen, schwer und gedrückt, und wie die Ahnung eines großen Unglücks lag es auf seiner Seele. – »Heute hier, morgen da, heute philisterhaft sich mühend, um das tägliche Brod zu verdienen, nur des täglichen Brodes wegen, und morgen wieder im Sattel – wie wir Beide heute – als Rächer und Verfolger: ein paar richtige Romanhelden, wie man sie nicht brauchbarer erfinden könnte.«

»Mein lieber Graf,« sagte Könnern, »wie oft auch gleicht unser Leben einem künstlich erdachten und selbst unnatürlich combinirten Romane, mit all' den Zufälligkeiten, die hineingreifen und alle Pläne über den Haufen werfen. Und wir brauchen dazu nicht einmal nach Brasilien auszuwandern; Tausende und Tausende solcher Beispiele finden wir eben so gut daheim, eben so in den anscheinend hausbackensten Verhältnissen, die nach außen die glatte, nichtssagende Oberfläche zeigen. Könnten wir oft den Schleier heben, der darauf liegt, was für wunderbare und interessante Dinge würden wir zu sehn bekommen!«

Graf Rottack lächelte still vor sich hin, denn er dachte in diesem Augenblick an seine Scene mit der Madame Baulen. »Apropos,« sagte er, »haben Sie kürzlich Nichts von unserer G r ä fi n gehört? Ich vergaß in der kurzen Zeit, die ich in Santa Clara war, ganz nach ihr zu fragen – oder kennen Sie die Dame gar nicht?«

»Ich habe sie wohl ein paar Mal auf der Straße gesehen,« sagte Könnern, »aber nie das Vergnügen ihrer persönlichen Bekanntschaft gehabt. Ja, ich muß sogar zu meiner Schande gestehen, daß ich selbst meine Schuldigkeit versäumt habe: ihr nämlich meine Aufwartung nach der unbenutzten Einladung zu machen. Wie ich aber neulich von Jeremias zufällig gehört, so scheinen Mißhelligkeiten in der Familie ausgebrochen zu sein.«

»In der gräflichen?« lachte Felix.

»Allerdings; da ich mich jedoch für die Leute nicht interessire, sind mir auch die Einzelheiten wieder entfallen – ich hatte überhaupt damals den Kopf voll genug. Nur so viel erinnere ich mich, daß die Verbindung zwischen der Comtesse und Herrn von Pulteleben abgebrochen ist ...«

»Ha!« rief Felix, sich erstaunt im Sattel aufrichtend.

»Und daß sich die Comtesse sogar von ihrer Mutter getrennt hat,« fuhr Könnern fort, »was vielleicht Aufsehen in der Colonie erregt hätte, wenn die Leute nicht in der Zeit gerade mit wichtigeren Dingen beschäftigt gewesen wären. Gesprochen wurde aber doch viel darüber.«

»Helene fort?« sagte Felix nachdenkend; »was mag da vorgefallen sein? – Und wo wohnt sie jetzt? – Wo konnte sie hin?«

»Das habe ich zufällig bei Rohrlands gehört, ohne der jungen Dame selber aber dort zu begegnen. Sie hat sich in Rohrland's Hause ein Zimmer gemiethet und einen Theil ihrer Möbel wie ebenfalls ihr Pferd an Director von Reitschen verkauft.«

»Wunderbar, wunderbar!« murmelte der junge Mann kopfschüttelnd vor sich hin. »Von der Mutter getrennt, und die Verbindung mit dem Bräutigam abgebrochen, da muß etwas ganz Absonderliches geschehen sein. Sehen Sie, Könnern, da haben Sie gleich wieder einen kleinen Familienroman mit den interessantesten Persönlichkeiten: einem schönen Mädchen, einer intriguanten Mutter und – einem überflüssigen Bräutigam. Schade nur, daß der wirkliche G e l i e b t e fehlt, der zu einem wünschenswerthen Schluß gehört, denn d i e Damen, die in einem Buche immer zuerst die letzten Seiten lesen, betrachten das als eine stillschweigende Bedingung. – Und da drüben auch,« fuhr er fort und deutete mit der linken Hand nach der Stelle hinüber, wo des alten Meier Haus lag – »dort hat sich ebenfalls eine anscheinend glückliche Familie plötzlich ohne bekannt gewordene Veranlassung zerstreut – die Mutter ist in's Wasser gesprungen, Vater und Tochter sind verschwunden – verdorben vielleicht, und Alle hatten die Berechtigung an dieses Leben, wie wir – gerade so gut als wir, und jetzt Alles – Alles zerstoben wie ein Traum! Sonderbare Geschichte das, höchst sonderbare Geschichte, und man weiß zuletzt wirklich nicht einmal ganz gewiß, wer von uns Allen denn auch sicher w a c h t .«

Könnern, dem die Worte des Grafen den alten Schmerz auf's Neue wach riefen, ohne daß Felix eine Ahnung davon haben konnte wie erbarmungslos er in die frische Wunde eingeschnitten, ritt schweigend an seiner Seite, und da auch durch Rottack's Seele eine Menge von alten Erinnerungen und Bildern zuckte, trabten die Beide eine lange Strecke still und schweigend neben einander hin.

»Hol' der Teufel die Grillen,« sagte Felix plötzlich mit seinem frühern wilden Humor, »man ist bei Gott ein Thor, sich ihnen hinzugeben, wenn man selbst überflüssige Zeit hat, und das – haben wir hier nicht einmal! Wir wollen an unsere Jagd denken, Könnern, Diebsfänger, die wir doch jetzt nun einmal sind, an den mörderischen Schuft und an das glückliche Gesicht der jungen allerliebsten Frau – um die ich den Gefangenen, aufrichtig gesagt, beneide. Sie mögen mich auslachen wie Sie wollen, aber ich tauschte den Augenblick mit ihm, selbst mit seinem jetzigen Aufenthalt in dem ungesunden Loch, wenn ich nur wüßte, daß mich beim Herauskommen ein Paar s o l c h e r Arme in Glück und Seligkeit umschlingen würden. – Aber was haben w i r Beiden, wenn wir zurückkommen? – Quartier bei Bodenlos für unser gutes Geld und ein einschläfiges Gastbett, zweischläfig mit Flöhen versehen – es ist zum Todtschießen!«

»Ich denke Sie wollen nicht mehr sentimental werden?« lächelte Könnern.

»Wollt' ich auch nicht,« sagte der junge Graf; »aber unwillkürlich steckt die sentimentale Fratze den Kopf durch jedes Gespräch, selbst wenn man sich von Mördern und Dieben unterhält. Wo haben Sie denn jenen Bux – so heißt der Kerl ja wohl – zum letzten Mal gesehen?«

»Wir biegen an der nächsten Chagra links in den Wald,« sagte Könnern, »und können den Ort dann etwa mit Dunkelwerden erreichen.«

»In den Wald? Wie, zum Henker, sind Sie denn da hineingekommen – auf der Jagd?«

»Wo streift ein Maler nicht überall umher,« war Könnern's ausweichende Antwort – »noch dazu, wenn er sein Gewehr auf dem Rücken hat!«

»Von dem sind Sie unzertrennlich?«

»Bei unserm jetzigen Ritte war es nöthig, denn wir wissen nicht, wie wir es gebrauchen können. Es ist wenigstens unwahrscheinlich, daß sich jener verwegene Bursche so gutwillig wird gefangen geben. Sind S i e kein Jäger?«

»Nein, und nie gewesen,« sagte der junge Mann; »zu Hause hätte ich dazu Gelegenheit genug gehabt, aber ich konnte nie Freude daran finden, mich irgendwo in den Hinterhalt zu legen und ein armes, ahnungslos daherkommendes Stück Wild wie ein Meuchelmörder niederzuschießen. Die Jäger nennen das freilich »auf dem Anstand«, ich hielt es aber für unanständig – wie ich denn überhaupt mein ganzes Leben lang mit den verschiedenen Menschenklassen verschiedener Meinung gewesen bin. Ich habe auch nur selten ein Gewehr in die Hand genommen; desto häufiger hetzte ich aber dafür Füchse und Hasen im freien Felde. Das ist List gegen List, Muskel gegen Muskel, und ein viel gleicherer Kampf als mit Pulver und Blei, dem das arme Wild keine ähnliche Waffe entgegenzusetzen vermag.«

»Aber eine Tigerjagd mit der Büchse hier in Brasilien würden Sie doch nicht für so ungleichen Kampf halten?«

»Nein,« meinte Felix; »wenn die Tiger nur nicht anderer Meinung wären. Aber Wochen lang hier im Gestein und Dorngestrüpp umherkriechen, von Durst und Hitze halb aufgerieben werden und dann nicht einmal einen Tiger zu Gesicht zu bekommen, nur höchstens einmal seine Fährte zu finden, wo e r seinen Durst löschte, während ich auf irgend einem unwirthbaren Bergrücken saß und schmachtete, dafür danke ich ebenfalls. Dazu gehört eben eine Passion die mir fehlt, und ich überlasse es denen, die wirklich Freude daran finden.«

Die Reiter hatten indessen die nächste Chagra, die ebenfalls einem Deutschen gehörte, erreicht, und Könnern hielt hier, ohne das Haus zu berühren, gleich schräg in den Wald hinein, umritt die Umzäunung und traf auf der andern Seite derselben wieder einen schmalen Weg, der fast direct nach Westen hinüberlief. Diesem folgten sie mehrere

Stunden lang und mußten sogar Einer hinter dem Andern reiten, so schmal war die Bahn an vielen Stellen und so viel hineingebrochenes Holz lag darin. Hier und da führte auch manchmal ein schmaler Pfad rechts und links ab; Könnern schien aber völlig vertraut mit seiner Bahn und zögerte nur immer lange genug, ehe er die als richtig erkannte verfolgte, bis er die Abwege genau und sorgfältig untersucht hatte.

Endlich erreichten sie einen Fleck, wo Reisende eine Nacht zugebracht hatten. Halbdurchgebrannte Stücke zusammengetragenen Holzes lagen dort, und abgebrochene, nicht mit Messer oder Beil abgehauene Zweige waren mit unkundiger Hand verwandt worden, eine Art von Schutzdach gegen den Nachtthau herzustellen.

Könnern erfaßte ein herbes, bitteres Weh, als er den Platz wieder sah, denn hier hatte – dem Berichte der Leute nach, die in der nächsten Colonie wohnten – seine arme Elise mit dem Vater eine Nacht im Walde zugebracht und mit ihren zarten, solcher Arbeit ungewohnten Händen Holz herbeigetragen, sein Lager weich mit trockenem Laube bereitet, und versucht eine Hütte für ihn zu spannen. – Und an der nächsten Chagra eben verlor sich vollständig ihre Spur. Der Pfad war von da an steinig, da er in das Gebirge hineinlief, aber selbst in der nächsten menschlichen Wohnung wollte Niemand Etwas von ihnen gesehen haben. Weit noch war er damals umhergestreift, rechts und links vom Wege ab, durch Dornen und Dickicht brechend, immer das Eine, theure Ziel im Auge – umsonst, wie in den Boden hinein schien das hülflose Paar verschwunden, und es blieb keine andere Möglichkeit, als daß sie vom Wege abgekommen seien und sich verirrt hätten, wo sie dann rettungslos in der furchtbaren Wildniß verderben mußten.

Wieder durchlebte Könnern, als er sich dieser Gegend auf's Neue näherte, alle jene furchtbaren Stunden, die damals so schwer auf seinem Herzen gelegen; aber er scheute sich, dem Begleiter sein nagendes Leid mitzutheilen – was konnte er ihm auch helfen, wo durfte er selbst hoffen, daß er ihn verstehen würde?

»Hier haben Reisende campirt,« sagte Rottack, als Könnern unwillkürlich sein Pferd neben dem alten Lagerplatze anhielt und darauf niederstarrte, – »ob das u n s e r e Familie gewesen ist?«

»Nein – Andere,« sagte Könnern leise – »Bux hat mit seiner Familie an dem nächsten Hause gelagert und sich Essen auf der Chagra geben lassen. – Aber vorwärts, oder wir versäumen hier die schöne Zeit!«

Weiter und weiter ritten sie durch den wilden Wald, bis sie plötzlich wieder eine kleine Hochebene erreichten, in der sich ebenfalls Deutsche niedergelassen hatten, und zwar, unbesorgt vor Indianern, welche der Director zur Entschuldigung brauchte, sich eine Polizei- und Militärmacht in die Colonie zu legen.

Die Sonne neigte sich indessen dem Horizont zu, und die Reisenden beschlossen, hier zu übernachten. Essen und Trinken fanden sie auch genug. Die deutschen Colonisten brachten willig was sie hatten, und waren außerdem froh, wieder einmal ein menschliches Wesen in ihrer Einsamkeit zu sehen.

Felix fragte sie auch, was um Gottes willen sie nur bewogen haben könnte, sich in dieser Einöde niederzulassen, wo sie ihre Producte nicht einmal verwerthen konnten. Die Sache war einfach genug: die Regierung hatte früher die Absicht gehabt, an dieser Stelle eine neue deutsche Colonie anzulegen, die mit Santa Clara sollte in Verbindung gebracht werden. – Ähnliche Projecte haben an vielen Stellen stattgefunden, und anstatt einen

Centralpunkt anzunehmen und von dem aus weiter in das Land hinein zu bauen, versuchte man es auf andere Art, wählte im Walde zerstreute Punkte und wollte von diesen aus gleichzeitig nach dem Centralpunkt zu arbeiten – aber es ging nicht.

Diese in den Wald mitten hinein gezwungenen Colonien konnten mit den besser gelegenen nicht concurriren, weil ihnen der Transport ihrer Producte zu viel Geld kostete. In der Regenzeit wurden außerdem noch die, nie von einem Sonnenstrahl getrockneten, engen Waldpfade zu bahnlosen Morästen, und die darauf gesetzten Colonisten verließen meist alle ihr Land wieder, um sich an einer Stelle anzubauen, wo sie mit der Welt noch in Verbindung standen.

Einzelne blieben aber trotzdem zurück; es gewährte ihnen einen eigenen Reiz, so mitten im Walde zu sitzen und mit keinen Nachbarn Etwas zu schaffen zu haben. Land konnten sie hier ebenfalls in Besitz nehmen so viel sie wollten, kein Mensch hatte Etwas dawider; die Jagd bot ihnen auch hier und da Unterhaltung, und im Stillen hofften sie immer noch, daß die für jetzt aufgegebene Colonie doch wieder erneuert werden könnte. Dann aber stieg nachher ihr Land natürlich bedeutend im Werth, und ihre Producte fanden schon unter den frischen Einwanderern raschen und günstigen Absatz.

Hier erhielten die Verfolger Nachricht von Bux, denn dies war der Platz, an dem ihm sein Esel damals zusammenbrach und mit der zu großen Last nicht weiter konnte. Der alte Deutsche hier hatte aber kaum Worte dafür, wie roh und niederträchtig er die arme Frau sowohl wie auch sein überladenes Lastthier behandelt habe. Seiner Aussage nach wollte er nach einer andern Colonie hinüberschneiden, nach der zu ein Weg von der nächsten Chagra aus abging. Er hatte angegeben, daß er das Schmiedehandwerk verstehe – was recht gut sein konnte – und als er hier erfuhr, daß sie dort einen Schmied nothwendig brauchten, schien er den Entschluß gefaßt zu haben. Was sein eigentliches Ziel gewesen, und weshalb er hieher in den Wald gekommen sei, darüber sollte er kein Wort geäußert haben, und die Colonisten waren auch froh gewesen, als sich sein Esel wieder so weit erholt hatte, daß er weiter konnte.

Die beiden jungen Leute erwähnten kein Wort davon, weshalb sie hinter dem Burschen her seien und daß sie ihn überhaupt suchten, machten sich die Nacht ihr eigenes Lager mit ihren Sätteln und Satteldecken zurecht und brachen am nächsten Morgen mit Tagesgrauen wieder auf. Die nächste Chagra lag etwa zwei Legoas entfernt, und dort konnten sie recht gut frühstücken.

Jene Chagra erreichten sie etwa um neun Uhr Morgens und hörten hier zu ihrem Erstaunen, daß Bux bis gestern dort gehalten habe und in der That noch länger geblieben sein würde, wenn die Deutschen nicht seiner überdrüssig geworden wären. Ein Theil seiner Ladung lag aber noch hier, denn der ermattete Esel, der sich in den ersten Tagen nothdürftig wieder erholt, war nicht im Stande gewesen, seine frühere Last noch einmal aufzunehmen. Der Meinung des Bauers nach konnte der Bursche indessen kaum zwei oder drei Legoas entfernt sein, denn die Frau war ebenfalls krank geworden und so schwach, daß sie sich mit dem Kinde kaum vorwärts schleppte.

Nachdem Könnern und Rottack gefrühstückt und ihre Pferde gefüttert hatten, folgten sie in scharfem Trab dem Flüchtigen, der ihnen jetzt nicht mehr entgehen konnte. Überall an weichen Stellen im Wege sahen sie die kleinen, zierlichen Spuren des Esels und die der nägelbeschlagenen Schuhe des Mannes; nur gegen Mittag etwa waren die

Spuren plötzlich verschwunden und der Weg hier augenscheinlich wohl von Pferden, aber von keinem kleinen Eselshuf und keinem nägelbeschlagenen Mannesschuh berührt worden. Sie fanden ein paar Stellen, wo sich in dem weichen Boden jede Fährte hätte abdrücken m ü s s e n , und die Wanderer, des Gebüsches wegen, auch weder rechts noch links ausweichen konnten, und trotzdem keine Spur der Verfolgten irgendwo hinein.

»Nun, durch die Luft sind sie n i c h t ,« tröstete sich aber Könnern, »und jedenfalls hat sich der Bursche rechts oder links irgendwo abgewandt, um etwaige Verfolger irre zu führen; daß sie ihm so dicht auf den Fersen wären, dachte er wohl nicht. Wir müssen also ein Stück zurück, Graf Rottack, und jetzt aufgepaßt, wo wir den schmalen Eselshuf zuerst wieder in Sicht bekommen.«

Sie wandten ihre Pferde, hatten aber kaum zweihundert Schritt zurückgelegt, als sie wieder auf die Spur kamen, und jetzt entdeckte Könnern's scharfes und an den Wald gewöhntes Auge auch einen ganz schmalen Fußweg, der, von Gras überwachsen, links in den Wald führte und kaum zu passiren war. Und doch wurde der Eselshuf und der nägelbeschlagene Schuh hier wieder sichtbar.

»Wohin, im Namen jedes gesunden Menschenverstandes,« rief Felix, »hat sich der unglückselige Mensch gewandt? Er wird doch nicht mitten in den Wald hinein gelaufen sein, denn in diesem brasilianischen Urwald einer Fährte zu folgen, davor habe ich allen möglichen Respect!«

»Ich habe mich nur gewundert,« sagte Könnern, »daß er nicht schon lange vorher einen solchen Abstecher gemacht hat, denn die Möglichkeit einer Verfolgung war doch da, und der konnte er auf solche Weise am Allerleichtesten entgehen. Jetzt möchte ich aber die größte Wette eingehen, daß wir ihn am nächsten Wasser finden.«

»Ja,« sagte Felix leise, »und seine Frau und Kinder auch. Hören Sie, Könnern, wir haben uns die Geschichte eigentlich doch nicht ordentlich überlegt, und hätten es am Ende lieber der Polizei überlassen sollen, den entflohenen Verbrecher einzufangen. Das wird jedenfalls eine Scene geben, an die wir später einmal mit Schaudern und Entsetzen zurückdenken. Den Schuft selber, ja mit Wonne wollt' ich ihn einfangen und vor Gericht schleppen, aber wenn nachher eine jammernde Frau dazu kommt – und krank soll sie ohnedies sein – und kleine Kinder – verfluchte Geschichte, und daß mir das gerade erst jetzt einfällt, wo es natürlich schon ein paar Posttage zu spät ist!«

»Ein angenehmes Amt ist's gerade nicht,« sagte Könnern ernst, »aber ich habe die feste Überzeugung, daß der Frau gar kein größerer Segen widerfahren kann, als von diesem nichtsnutzigen Galgenstrick befreit zu werden, und wer weiß, ob sie uns nicht unendlich dankbar dafür ist. Keinesfalls können wir's jetzt ändern, und denken Sie nur immer an Köhler's junges Weibchen, das sich jetzt die Augen roth weint, weil ihr nicht einmal verstattet wird, den e r k r a n k t e n Mann zu pflegen. D e r müssen wir ihren Frieden wiederbringen, und ich denke, nachher werden wir auch wohl im Stande sein, für das arme Weib mit ihren Kindern zu sorgen. Meinen Sie nicht?«

»Sie haben Recht!« rief Felix jetzt entschlossen aus – »der armen Frau soll es an Nichts fehlen, damit sie nicht an dem unverschuldeten Leid zu tragen hat, und eine Beschäftigung für sie wird sich auch schon finden. So denn jetzt mit allem Eifer hinter dem Mörder her. Ich freue mich wie ein Kind auf den Augenblick, wo wir ihn gebunden dem Herrn Director überliefern können. Aber sind wir denn noch auf der Fährte? Ich sehe hier gar Nichts mehr.«

»Hier laufen die Spuren hin, gerade nach jenem Thal

hinab,« erwiederte Könnern, der kein Auge vom Boden verwandt hatte.

»Und dort unten liegt auch eine Ansiedlung,« rief Felix plötzlich, denn Könnern hatte gar nicht voraus und nur auf die Spuren gesehen – »das da unten muß doch eine Chagra sein.«

»Wahrhaftig, dort liegt eine Hütte,« sagte Könnern, der Richtung mit den Augen folgend – »wie hat sich denn nur ein Colonist dort hinunter in das enge Thal verloren? Aber hier biegen die Fährten wieder links ab, als ob er die Stelle hätte umgehen wollen.«

»Er wird nicht gerade aus gekonnt haben,« sagte Rottack, »denn wir verdanken den Blick auf das Haus wahrscheinlich einem steilen, dazwischen liegenden Hange, den er umgehen mußte.«

Dieses erwies sich in der That so. Die Lehmwand, mit röthlichen Porphyrblöcken untermischt, fiel ein kleines Stück weiter vor so schräg ab, daß die Passage mit Lastthieren, wenn nicht gefährlich, doch sehr beschwerlich gewesen wäre, und die beiden Reiter suchten sich eben einen Platz aus, an dem sie bequemer und sicherer zu Thal kommen konnten, als Könnern plötzlich leise rief:

»Halt! Ich höre Stimmen!«

Beide hielten ihre Pferde an und horchten, und deutlich ließ sich jetzt, unmittelbar vor ihnen, aber noch durch das Dickicht verdeckt, die rauhe Stimme eines Mannes hören, der wilde Flüche ausstieß. Dazwischen klagte die Stimme einer Frau.

»Das ist er!« flüsterte Rottack – »gleich dort hinter der Palmengruppe muß er stecken.«

Könnern winkte ihm, zu folgen, lenkte sein Pferd einer etwas offeneren Stelle zu und spornte es dann, so rasch es ihm der hier sehr rauhe Weg erlaubte, vorwärts. Kaum hatte er auch eine Distanz von etwa hundert Schritten in dieser Richtung zurückgelegt, als er die kleine Carawane vor sich sah und nun sein Thier anhielt, um nicht zu rasch über sie zu kommen. Er wußte, daß ihm der Bursche nun nicht mehr entgehen konnte. Rottack hielt sich dicht an seiner Seite.

Es war in der That der würdige Bux mit seiner Familie, dem – wie Könnern ganz richtig vermuthet hatte – der unbehagliche Gedanke gekommen war, daß er doch am Ende verfolgt werden könne. Wie der Verdacht auf i h n fallen sollte, wußte er freilich nicht, denn hatte er auch sein Messer in der Zeit vermißt, so war es sehr die Frage, wann das je einmal gefunden, und ob es überhaupt Jemand kennen würde, und bis dahin war er weit von hier. Wer ihm damals in der Nacht konnte aufgelauert haben, darüber zerbrach er sich freilich den Kopf, aber erkannt hatten sie ihn in der Dunkelheit nicht, so viel blieb sicher, sonst wäre er schon lange vorgefordert worden, und wer das Geld jetzt hatte? – er knirschte mit den Zähnen, wenn er daran dachte – sagte ohnehin Nichts weiter von der Geschichte. Die Vorsicht wollte er nur gebrauchen, den Weg für kurze Zeit zu verlassen und lieber ein paar Wochen im Walde, in irgend einer einsamen Hütte sitzen und seine Zeit abwarten, als sich, wie er bei sich dachte, »ewig den Kopf abzudrehen, ob Jemand hinter ihm her käme.«

So verstockt der Bube auch sein mochte, das Gewissen hatte ihn doch nicht ruhen lassen.

Als Könnern zuerst die kleine Carawane entdeckte, hielt sie still. Die Frau war am Weg niedergesunken und der Mann stand vor ihr und fluchte.

»Aber ich k a n n ja nicht mehr, Bux,« sagte die Unglückliche – »laß mich nur eine kleine halbe Stunde hier ausruhen, nachher wird's schon wieder gehen.«

»Aber das Haus muß dicht vor uns sein,« rief der Mann mit einem abscheulichen Fluch – »wir haben die Hähne von da oben ganz deutlich krähen hören – es k a n n nicht mehr weit sein.«

»Ich bin's nicht im Stande,« stöhnte die Frau und sank mit dem Kinde, das sie den ganzen Weg geschleppt hatte, unter einen Baum – »mach' mit mir was Du willst, schlag' mich todt oder laß mich liegen und hier umkommen, aber ich kann nicht weiter.«

»Dann komm allein nach,« fluchte der Bursche, »warten thu' ich, Gott straf' mich! nicht mehr auf Dich, Du Gottverdammte« – er fuhr erschreckt empor, denn dicht dabei hörte er den Schritt der Pferde im Laub, und erstaunt starrte er die beiden Reiter an.

Rottack ritt dicht an ihn hinan und sagte finster:

»Seid Ihr denn auch ein Mensch, daß Ihr die arme Frau zu Tode hetzt? Ihr geht leer, Euren Stock auf der Schulter, und das schwache, kranke Weib muß auch noch das schwere Kind schleppen – 's ist doch wahrlich eine Schande!« Und ohne weiter auf ihn zu achten, stieg er ab, nahm seine Feldflasche, und zu der Frau tretend, fuhr er fort: »Da, trinkt einmal einen Schluck Wein, das wird Euch gut thun – Ihr seht aus, als ob Ihr's nöthig hättet.«

»Das weiß der Allerbarmer!« stöhnte die Frau – »und der mag's vergelten – Ihr seid doch auch M e n s c h e n , Ihr werdet mich nicht hier im Walde allein liegen und mit dem Kinde verhungern lassen.«

»Hier in Brasilien kann Jeder thun was ihn freut,« sagte

130

der Mann finster, aber doch scheu zu Könnern emporsehend, der, sein Gewehr vor sich auf dem Sattelknopfe, schweigend neben der Gruppe gehalten und den Mörder finster und ernst betrachtet hatte. Daß er dabei den Rechten vor sich hatte, daran zweifelte er keinen Augenblick mehr. Die scheue, ekle Gestalt paßte vollkommen zu der Beschreibung, und der unechte Tressenstreifen um die blaue schirmlose Mütze lieferte noch den letzten Beweis, wenn es dessen bedurft hätte.

»Na,« sagte Bux endlich, dem der Blick des Fremden unbehaglich wurde – »was stiert Ihr mich so an, als ob Ihr noch in Eurem Leben keinen Menschen mit einem kaputen Esel und einer miserablen Frau gesehen hättet? Das glaub' ich! I h r könnt's aushalten auf Euren Pferden oben, aber so ein armer Teufel, der muß sich wie ein Hund durch's Leben schinden – na, was habt Ihr denn an mir zu gucken?«

Könnern hatte kein Wort erwiedert und nur den Blick fest auf dem Mörder gehalten, den dieser nicht ertragen konnte. Jetzt sagte er langsam:

»Ihr heißt Bux, nicht wahr?«

»Wie ich heiße, darum hat Niemand 'was zu fragen,« knurrte der Gesell – »ich bin ein Colonist und suche einen Fleck Erde, wo ich mich niederlassen und mein Brod ehrlich verdienen kann.« Er hatte dabei einen scheuen Seitenblick auf Rottack geworfen, der, seine Flasche in den Händen der Frau lassend, von der Seite gegen ihn herantrat, und machte jetzt einen Schritt zurück, um Beide besser im Auge behalten zu können.

»Es ist eine verwünschte Geschichte!« rief der junge Graf Könnern in französischer Sprache zu – »die Frau und die Kinder werden ein Jammergeschrei erheben, wenn wir ihn fassen. Sollen wir nicht lieber warten, bis wir ihn allein haben?«

Ehe aber Könnern Etwas darauf erwiedern konnte, überhob sie Bux selber jeder weiteren Bedenklichkeit. Der Bursche war, wie sich später herausstellte, aus dem Elsaß und verstand recht gut die französisch gesprochenen Worte. Hatte er aber vorher schon Mißtrauen gegen die beiden Reiter gefaßt, von denen er sich recht gut erinnerte, den Einen in Santa Clara gesehen zu haben, so wurde das jetzt zur Gewißheit. Sie waren gekommen ihn zu verhaften, und sein einziger Gedanke war jetzt Rettung – Flucht!

»Aha, darauf läuft's hinaus!« schrie er, und ehe Rottack eine Ahnung von dem Vorhaben des Verzweifelten hatte, riß dieser ein gewöhnliches langes Küchenmesser aus der Weste, wo er es versteckt gehalten, führte einen Stoß nach dem ihm im Wege Stehenden, und flog dann mit e i n e m Satz in Dorn und Gebüsch hinein, den steilen Hang mehr hinab stürzend, wie laufend.

Rottack brauchte in der That seine ganze Gewandtheit, um dem Stoß auszuweichen, der ihn noch leicht am Arm streifte, seinen Rock zerschnitt und ihm die Haut ritzte, kam aber dadurch in's Straucheln und fiel auf den rauhen Boden, so daß der Flüchtling, ehe er sich wieder aufraffen konnte, wenigstens zehn bis zwölf Schritt Vorsprung vor ihm hatte.

Könnern spornte allerdings in dem Moment, wo er die erste drohende Bewegung sah, sein Pferd gerade auf ihn ein. Das Terrain war aber hier dem Reiter Nichts weniger als günstig, und während sein junger Begleiter mit einem Wuthschrei wieder auf die Füße schnellte und rücksichtslos um seine eigene Sicherheit hinter dem Flüchtling hersprang, bäumte Könnern's Pferd vor den Dornen und schwankenden Schlingpflanzen zurück und wollte nicht vorwärts.

»Um Gottes Barmherzigkeit willen, was habt Ihr mit dem Mann?« gellte die Frau in Todesangst und fuhr, ihre Mattigkeit bezwingend, empor, und auch die Kinder stießen ein Wehegeschrei aus. Könnern aber riß das Pferd zurück, warf sich aus dem Sattel, und ihr nur rasch zurufend, daß sie Nichts zu befürchten hätte, griff er sein Gewehr auf und folgte der Jagd.

Den Mörder jagte die Verzweiflung, aber er war von dem heutigen Tagesmarsch und der ungewöhnlichen Hitze nicht allein ermattet, sondern hatte auch, um seinen Durst zu löschen, mehr Branntwein heute Morgen getrunken, als ihm gut war. Rottack dagegen, jung, gewandt und unermüdet, mit kaltem Blut und frischen Kräften, mit denen er jede Öffnung in den Büschen benutzte, während der Fliehende rücksichtslos mitten hindurch brach und damit seine Kraft schwächte, sah bald, daß er dem Flüchtigen an Schnelligkeit überlegen war, und suchte ihm deshalb den Weg abzuschneiden.

Bux dagegen hatte gar kein bestimmtes Ziel! er wollte nur fort – weiter – aus dem Bereich seiner Verfolger, und in demselben Augenblick, wo sich Rottack nach links wandte, brach er selber nach rechts hinüber – vergrößerte er dadurch doch wieder den Vorsprung. Aber sein zweiter Verfolger gewann an ihm, denn dieser konnte, den nämlichen Hang jetzt hinunterspringend, ihm nach rechts zu besser den Weg abschneiden, und erst als Bux auch diesen zu Fuß bemerkte – denn daß ihm hier ein Pferd nicht folgen konnte, wußte er –, sah er, daß er verloren war. Aber er ließ deshalb in seiner Flucht nicht nach, nur weder rechts noch links schaute er mehr, vorwärts brach er über Alles, was ihm im Wege stand und lag – vorwärts! Dort war Freiheit und Leben, hinter ihm folgten die Rächer! – Er stürzte, aber er raffte sich wieder empor; er blieb mit seinem Rock in einem Dornbusch hangen; mit rasender Gewalt riß er sich los, daß ihm die Fetzen am Leibe hingen – seine Mütze hatte er verloren, das lange, struppige Haar flatterte ihm um die blutig gekratzte Stirn – vorwärts – vorwärts – bis seine Kräfte ermatteten und er mit einem Wuthgeheul zusammenbrach.

Mit dem nächsten Satze war Können an seiner Seite und stand, mit der Flinte im Anschlag, neben ihm, während Rottack jetzt ebenfalls mit einem Jubelruf herbeisprang. Er hob etwas Blinkendes in der Hand empor und zeigte es dem Freunde.

»Haben Sie ihn?« schrie er schon von Weitem.

»Hier liegt er – er ist sicher – aber was haben Sie dort?«

»Des Schneiders Uhr, die der Schuft auf der Flucht von sich warf. Ich sah, wie er etwas Blankes in die Büsche schleuderte, und sprang danach, da ich Sie dicht hinter ihm wußte. Die Uhr hebt den letzten Zweifel. Da liegt die Canaille – ist er todt? Den Teufel auch, wie wir aussehen, der hat uns noch eine hübsche Hetze gemacht! – Wenn ich nur meine Hunde hier gehabt hätte!«

Bux lag auf dem Gesicht und rührte sich nicht – nur sein schweres, hastiges Athmen verrieth, daß er noch lebe. Können sah schaudernd auf die vor ihm ausgestreckte, regungslose Gestalt.

»Wir haben's übernommen, Graf,« sagte er ernst, »und jetzt auch durchzuführen, denn den Cadaver hier müssen wir in die Colonie schaffen, und wenn er sich zu gehen weigert, bleibt uns nichts Anderes übrig als ihn auf ein Pferd zu binden.«

»Wir wollen ihm schon Beine machen,« sagte Rottack finster, »denn Mitleid verdient die Canaille nicht. – Aber dort drüben ist ein Weg, Können, bei Gott – und da hinten liegt das Haus – wir sind dicht an der Chagra.«

»Desto besser,« sagte Könnern, »dann können wir vielleicht von dort Hülfe bekommen. Vor allen Dingen müssen wir den Burschen erst einmal binden. Hat er Sie verwundet? Sie bluten?«

»Es ist gar Nichts,« lachte der junge Mann – »eben nur geritzt, nicht einmal so schlimm wie einer von den verdammten Dornen – das ist wirklich niederträchtiges Zeug! Aber der Gesell kann nicht hier liegen bleiben – holla, Freund – steh' auf, Deine Zeit ist um und Du mußt wieder wandern.«

»Nehmen Sie sich in Acht, Rottack,« sagte Könnern – »trauen Sie ihm nicht!«

»Er ist fertig,« rief aber der junge Graf, Bux an der Schulter nehmend und heftig schüttelnd. – »Sei jetzt vernünftig; Widerstand kann Deine Sache nur noch verschlimmern, denn in die Colonie mußt Du mit zurück, und wenn ich Dich auf meinem Rücken hineintragen sollte.«

Bux regte sich nicht.

»Willst Du nicht gehorchen? – gut, dann darfst Du Dich auch nicht beklagen!« – und mit den Worten hatte er ein dünnes aber starkes Seil aus der Tasche genommen, legte die obere Schlinge desselben leicht um die ausgestreckte Hand des Regungslosen und wollte eben den andern Arm ergreifen, um beide zusammenzuziehen. Wie aber Bux die Fessel an der Hand fühlte, schnellte er sich in letzter Verzweiflung vom Boden empor – doch zu spät. Könnern, der ihn scharf beobachtet hatte, ließ in demselben Moment sein Gewehr fallen und faßte seinen andern Arm. Bux wollte sich losreißen, aber seine Kraft reichte nicht aus, und zwei Minuten später, während er mehr wie ein wildes Thier als wie ein Mensch um Hülfe brüllte, war er gebunden und in den Händen seiner Verfolger.

»So,« sagte Könnern, indem er das Ende der Leine um den nächsten jungen Stamm schlug, »jetzt sein Sie so gut, nehmen Sie mein Gewehr und halten Sie bei dem Burschen eine kurze Wacht, während ich hinunter in das Haus springe und nachsehe, was dort für Leute wohnen und ob sie uns Etwas nützen können.«

»Thäten wir nicht besser, wir schafften ihn gleich zum Hause hinunter und holten dann seine Familie und unsere Pferde nach?«

»Vielleicht kann ich Jemanden aus dem Hause nach den Thieren schicken, daß wir den Hang nicht wieder hinaufbrauchen. Es ist jedenfalls besser, wir wissen erst wer hier unten wohnt.«

»Gut, dann bleiben Sie nur nicht zu lange; daß er mir indessen nicht entwischt, dafür will ich schon sorgen.«

Könnern kletterte zu dem Weg hinunter, von dem sie hier nur noch durch einen kleinen, terrassenartigen Felskamm getrennt wurden, und schritt rasch darauf hin dem Hause zu, als er von dorther einen Mann sich entgegenkommen sah. »Habt I h r um Hülfe geschrieen?« fragte ihn dieser schon von Weitem in portugiesischer Sprache. »Was ist denn geschehen? Seid Ihr angefallen?«

»Gerade das Gegentheil, Senhor,« erwiederte Könnern – »wir haben einen Verbrecher verfolgt und eingeholt, der von Santa Clara entflohen war und, wie es scheint, die Richtung nach Eurer Chagra genommen hatte. Könnt Ihr uns helfen, ihn zu transportiren?«

»Jetzt nicht,« sagte der Mann, der stehen geblieben war und Könnern erwartete, indem er traurig mit dem Kopf schüttelte – »ich habe einen Sterbenden oder Todten da drin in der Hütte und kann den nicht verlassen.«

»Das thut mir recht leid, daß wir Euch zu so ungelegener Zeit gestört haben,« sagte der junge Mann theilnehmend, »Ihr habt Krankheit in Eurer Familie gehabt?«

»Wir, Gott sei Dank, nicht,« erwiederte der Brasilianer; »aber ein Fremder, der vor kurzer Zeit mit seiner Tochter zu uns kam, legte sich und wird nicht wieder aufstehen. Er war aber schon krank, als er mein Haus betrat.«

»Ein Fremder? – mit seiner Tochter?« rief Könnern und fühlte, wie ihm dabei das Blut in den Adern stockte.

»Ja, Senhor.«

»Ein Mann mit weißen Haaren?«

»Kennt Ihr ihn?«

»Großer, allmächtiger Gott!« rief Könnern erschüttert aus – »hier also – hier – aber da komm' ich doch noch vielleicht zur rechten Zeit! – Laßt mich zum Hause gehen, Senhor, und wenn Ihr mir eine Liebe erzeigen wollt, so haltet Euch indessen nur etwa hundert Schritt die Straße hinauf. Ruft nur dort, mein Freund wird Euch antworten, und gebt ihm einen guten Rath, was er mit seinem Gefangenen machen soll.«

»Seid Ihr ein Verwandter von dem Alten?«

»Sein nächster und einziger, der ihm in Brasilien lebt.«

»Dann hat Euch der Himmel selber hierher geführt – und nun macht nur, daß Ihr hineinkommt, wenn Ihr ihn noch am Leben finden wollt. Das Andere will ich schon mit Eurem Freund besorgen.«

8.
Gefunden.

Tief im Urwald drin lag die einsame Chagra des
Brasilianers, der hier ein kleines, in die Hügel gedrücktes,
aber äußerst fruchtbares Thal gefunden und in Besitz
genommen hatte. Waren doch so viel Deutsche in diese
Nachbarschaft gekommen, daß er ziemlich sicher darauf
rechnen konnte, in einiger Zeit die Gränzen ihrer
Niederlassungen zu sich herausgerückt zu sehen, und
geschah das, so besaß er selber genug Land, ihnen gute
Colonien zu verkaufen, und konnte nachher in kurzer Zeit
ein reicher Mann sein. Daß er vorher und um das zu
erreichen, Jahre lang allein und einsam in der Wildniß sitzen
mußte, rechnete er nicht.

Natürlich hatte er für sich und seine Familie, wie für ein
paar Sclaven, die er hielt, nur eine kleine, ziemlich dürftige
Hütte gebaut, denn der Landbau nahm in den ersten Jahren
alle seine Arbeitskräfte in Anspruch. So beschränkt aber der
Raum war, den er bewohnte, so willig theilte er ihn, wie fast
alle Brasilianer, mit dem Fremden – war es nun ein einzelner
Jäger, der den Wald durchstreifte, oder eine wandernde
Colonistenfamilie, obgleich er die letzteren selten genug zu
sehen bekam. Für die Frau – denn der Mann konnte doch
wenigstens manchmal fort und unter Leute, während sie
das ganze Jahr allein in ihrer Wildniß saß – war ein Besuch
aber zugleich immer ein Fest, und was die Küche wie
Chagra und Wald boten, wurde willig herbeigebracht und
aufgetischt.

Diesen Ort hatte, verirrt und zum Tod ermattet, der alte
Mann mit seinem Kinde erreicht, und die Frau in den ersten
Tagen unter keiner Bedingung zugegeben, daß sie ihre Reise

fortsetzten, ehe sich der abgemattete Alte wieder vollständig erholt hätte. Aber er erholte sich nicht mehr. Die Gewissensbisse der vergangenen langen Jahre hatten an seinem sonst gesunden Körper gearbeitet und gezehrt – die furchtbare Zeit der Entdeckung kam dazu, und jetzt, von Angst und Sorge, wie der ungewohnten Anstrengung niedergebrochen, war die Kraft erschöpft, die ihn bis dahin noch fast gewaltsam aufrecht gehalten.

Eine furchtbare Zeit verlebte indessen die Jungfrau mit ihm, denn zu der körperlichen Erschöpfung bei ihm gesellte sich ein geistiger Stumpfsinn, der nur manchmal in krankhafter Flamme wild und erschreckend aufloderte.

Die Stunden, in denen der Furchtbare, der in sein Leben getreten war und seinen Aufenthalt entdeckt hatte, vermittelnd für ihn eingestanden war, so daß seine persönliche Sicherheit von da an ungefährdet blieb, waren aus seinem Gedächtniß verschwunden. Im Geist sah er nur noch den gräßlichen Moment, wo er entdeckt worden, und hielt sich von da an für flüchtig vor dem Gesetz und von Häschern verfolgt. Umsonst suchte ihn Elise zu beruhigen, umsonst trug sie mit einer wahren Engelsgeduld sowohl das eigene Leid wie die Klagen und Beschwörungen des unglücklichen Vaters, wenn er sie bat, ihn nicht zu verlassen und der Polizei auszuliefern. Was sie körperlich dabei dulden mußte, schwand zu einem Nichts zusammen, und ihre Lage wurde erst dann wirklich gefährlich, als die wilden Phantasien dem Unglücklichen auf keinem gebahnten Weg mehr Ruhe ließen, sondern ihn in den Wald trieben, um den Verfolgern zu entgehen, die er fortwährend auf seiner Fährte glaubte.

Als sie ihn gewaltsam zurückhalten wollte, brach er von ihr fort, daß sie ihn kaum wieder einholen konnte, und in Todesangst indessen zu vergehen drohte. So lagerte sie mit ihm die eine Nacht verirrt, ohne einen Trunk Wasser, ohne einen Bissen Brod im wilden Walde, und erst gegen Morgen zeigte ihr der frühe Hahnenschrei von des Brasilianers Chagra, der auch dem Verbrecher Bux die abgelegene Hütte verrathen hatte, Hülfe in der schrecklichsten Noth.

Jetzt war Alles vorbei – Alles überstanden. Wie sich der Körper des unglücklichen alten Mannes seiner Auflösung näherte, klärte sich auch wieder der bis dahin auf irren Bahnen schweifende Geist. Er war so schwach geworden, daß er kaum noch den müden Arm heben konnte; aber heute zum ersten Mal, wie die Sonne ihren lichten Schein durch das Fenster warf, und sich Elise über sein Lager beugte und ihn fragte, ob sie ihm irgend eine Hülfe leisten könne, strich er ihr mit der fleischlosen, bleichen Hand das Haar von der Stirn und sagte leise:

»Meine arme, arme Elise!«

»Vater, mein lieber, guter Vater!« rief das Mädchen in ausbrechenden Thränen – »kennst Du mich denn?«

»Soll ich D i c h nicht kennen, meine treue Gefährtin in Jammer und in Leid, die wacker und brav ausgehalten hat bei dem alten, verlassenen Manne?«

»Mein guter Vater!«

»Gottes Segen über Dich – Gottes reichsten Segen, und daß er die Schuld nicht an Dir heimsuchen möge, die auf Deines Vaters Seele liegt!«

»Vater – V a t e r !«

»Stille, mein Kind – stille – weine nicht; es ist jetzt Alles gut, und es wird mir so ruhig und leicht im Herzen, wie mir seit langen, langen Jahren nicht gewesen ist. Nur e i n e – e i n e Sorge liegt mir noch darauf, und das bist D u , mein

Kind, das ich allein und hülflos in dem weiten, fremden Lande zurücklasse.«

»Vater, sprich nicht so – Du wirst noch viele, viele Jahre bei mir bleiben, und wir werden ein neues, frohes Leben beginnen, mit frischen Kräften.«

»Armes Lieschen,« sagte aber der Kranke, der nur seinen eigenen Gedanken folgte – »und auch daran trage ich die Schuld – auch daran, daß ich Dich fern gehalten von Allen, nur den eigenen, selbstsüchtigen, sündhaften Plänen folgend – auch daran, und d a s Gewicht muß ich jetzt mit mir hinab nehmen – hinab in's Grab!«

Elise hatte ihr Haupt auf seine Schulter gelegt und weinte still, und der alte Mann suchte mit seiner linken Hand ihr Lockenhaar, und zog die dünnen, fast durchsichtigen Finger langsam hindurch.

»Weine nicht, Elise,« sagte er leise – »weine nicht – wir sehen uns wieder – wenn nicht Gott sein Angesicht ganz von mir abwendet. Hat er seine Hand aber in dieser letzten schweren Zeit über Dir gehalten, so wird er Dich auch jetzt nicht verlassen in dem fremden Lande – nicht so verlassen, wie Dich Dein alter Vater verlassen muß, wo Du doch Hülfe gerade so nöthig brauchst. Komm, sei gefaßt, mein Kind – sei stark, Lieschen, wie Du ja immer stark gewesen bist.«

»Du wirst n i c h t sterben, Vater!« schluchzte das arme Kind und preßte ihre Stirn nur fester an seine Schulter – »Du wirst leben, mir – mir zum Troste, daß ich Dich pflegen und hegen kann bis in Dein spätes, spätes Alter hinein!«

»Du willst mir den Abschied recht schwer machen,« seufzte der alte Mann, »und ich habe doch keine Thränen mehr, die mir die Brust erleichtern könnten! – Sieh, wie der Sonnenschein so warm durch's Fenster dringt,« fuhr er nach einer kleinen Pause fort, die nur durch Elisens

Schluchzen unterbrochen wurde – »und draußen liegt in Licht und Glanz die Welt, der schöne Wald. – Grüß' mir den Wald, mein Lieschen, wenn Du ihn wiedersiehst – die schattigen Bäume und den murmelnden Bach, und – wenn Du an den Vater manchmal denkst, mag der Gedanke Dich versöhnen, daß er im frischen, grünen Walde schläft und das Rauschen der ewigen Wipfel wie ein frommes Gebet zum Höchsten steigt für den reuigen Sünder!«

»Vater!«

»Fasse Dich, mein Lieschen – es muß sein – und nun noch Eins – rufe mir unseren freundlichen Wirth herein, daß ich ihm danken kann für alles Liebe und Gute, das er uns erzeigt. Habe ich doch Nichts weiter auf der Welt, was ich ihm bieten könnte, wie meinen Dank! – Er wird Dich auch nicht gleich verstoßen; seine Frau ist gut und freundlich – war sie doch gut und freundlich gegen mich – o, wenn ich den Trost mit mir hinübernehmen könnte, daß mein armes Kind nicht ganz verlassen wäre!«

Elise richtete sich gewaltsam empor – sie durfte jetzt nicht zurückdenken – nur jetzt nicht – oder das Herz hätte ihr brechen mögen in Jammer und Weh.

»Ich gehe, Vater, und rufe ihn,« sagte sie leise – »nur einen Augenblick, ich bin gleich wieder zurück.«

Der alte Mann hielt noch immer ihre Hand. »Mein armes Lieschen!« sagte er traurig.

»Ich bin gleich – gleich wieder bei Dir, Vater. – Er ist jedenfalls draußen – ich höre schon seinen Schritt.«

Der Kranke winkte ihr nur mit den Augen, und Elise flog nach der Thür, als sich diese öffnete und Könnern auf der Schwelle stand.

Das Mädchen sah und erkannte ihn, aber jede weitere Willenskraft schien in dem Augenblick ihren Körper verlassen zu haben. Sie stand wie eingewachsen in den Boden; ihre Arme hoben sich langsam, aber mehr wie abwehrend gegen das, was sie für eine Erscheinung ihrer erregten Sinne hielt, und mit leise flehendem Ton murmelte sie: »Bernard!«

»Elise – Elise!« rief Könnern, auf sie zueilend und sie in seine Arme schließend – »o, nun ist Alles gut – Alles, und Nichts im Leben soll uns wieder trennen!«

»Und bist Du's wirklich, Bernard? – Ist es nicht Dein Geist, der nur gekommen, um mich in meinem größten, furchtbarsten Schmerz zu trösten?« hauchte Elise und drückte ihn wie scheu und furchtsam von sich.

»Wer ist der Fremde, Lieschen?« fragte der alte Mann und wandte bestürzt den Kopf der Thür zu.

»Ein Freund,« sagte Könnern, die Geliebte mit dem linken Arm umschlingend, indem er sie mit der rechten stützte – »ein Freund, der nicht mehr von Elisens Seite weichen wird, so lange sie ihn selbst nicht von sich stößt!« »Lieschen!«

»Vater!« rief das Mädchen, wand sich aus Könnern's Arm, flog an seine Seite und barg ihr Haupt wieder an seiner Schulter.

Der alte Mann lag still und regungslos; er hatte die Augen geschlossen, und nur das leise Athmen seiner Brust verrieth, daß er noch lebe. Endlich schlug er die Augen wieder auf. Sein Blick fiel auf das zu ihm niedergebeugte, schmerzbewegte Gesicht des jungen Mannes.

»Herr Gott, ich danke Dir,« sagte er leise – »Lies–chen, leb' – wohl – sei glücklich – Gott segne Dich« – und wie er noch einmal seine Hand auf ihr Haupt legen wollte, sank sie ihm herunter – er war todt. – –

Draußen im Walde hielt Rottack neben dem gebundenen Verbrecher Wache, der jetzt still und verstockt am Boden lag und mit den Zähnen knirschte. Wohl hatte er schon vorsichtig versucht, die Bande von seinen Armen zu streifen, aber die Schleife, welche Könnern gezogen, saß zu fest, und als sein Wächter es merkte, drohend den Gewehrkolben hob und ihm versicherte, er würde ihn bei dem geringsten Fluchtversuche zu Boden schlagen, lag er still. Er trotzte noch darauf, daß die beiden Fremden hier im Wald nicht im Stande sein würden, ihn gebunden zu transportiren, und baute für die Nacht seine Pläne zur Flucht.

Da rief unten vom Weg eine Stimme ihr »Hallo«, und als Rottack darauf geantwortet, brachen und rauschten die Büsche, und der Brasilianer stand im nächsten Augenblick vor der Gruppe.

»Ei sieh' da,« sagte er, einen Blick auf den am Boden Liegenden werfend, »das scheint ja ein sauberer Patron, der hier im Sprenkel hängt! – Wie geht's, Fremder? Wollt Ihr Euch den mit in die Colonie nehmen?«

»Er hat einen Mord verübt,« sagte Rottack, nachdem er den Gruß des Alten erwiedert – »und da sind wir hinter ihm drein und haben ihn da oben im Wald, wo er wahrscheinlich vom Wege abschnitt, um nicht verfolgt zu werden, erwischt. Aber wo ist mein Kamerad?«

»Im Hause – ich hab' einen Deutschen mit seiner Tochter dort, und der Mann liegt im Sterben.«

»Im Sterben?«

»Ja – aber jetzt kommt, daß wir den Patron da hinunterschaffen. Wo sind Eure Pferde?«

145

»Oben am Hang stehen sie und die unglückliche Familie dieses Schuftes sitzt dort ebenfalls.«

»Und hat der Lump auch Familie?« sagte der alte Brasilianer entrüstet; »das ist recht, nur immer gleich Frau und Kinder mit unglücklich gemacht! Und was wird nun aus denen?«

»Sie müssen mit in die Colonie zurück; es sind Deutsche genug dort, die für sie sorgen werden – besser als der da es gethan. Soll ich hinauf und die Pferde lieber holen?«

»Laßt's nur sein, Fremder,« sagte der Brasilianer, »die Familie könntet Ihr doch nicht gleich mitbringen; ich schicke dann vom Hause aus ein paar von meinen Negerjungen hinauf, die das viel besser und rascher besorgen. Aber Ihr blutet ja!«

»Nur ein Ritz; der Schuft stieß mit dem Messer nach mir, als wir ihn fassen wollten.«

»Natürlich – wenn's einmal an den Kragen geht, kommt's nachher auf die Kleinigkeit mehr oder weniger auch nicht an. Also vorwärts, mein Bursche, steh' einmal auf und gebrauch' Deine Spazierhölzer – oder sollen wir Dir Beine machen?«

»Er versteht kein Portugiesisch.«

»Oho – noch ein Frischer? Also importirt ihr derartige Sorte auch nach Brasilien? Für die ist's aber kaum der Mühe werth, daß der Staat Passage bezahlt, denn es kostet ihm nachher immer noch außerdem einen Strick. – So sagt I h r ihm einmal auf gut Deutsch, daß er gutwillig mitgeht, sonst kann ich es ihm doch vielleicht auf Brasilianisch begreiflich machen.«

Er nahm dabei sein schweres Buschmesser aus dem

Gürtel, hieb einen jungen Stamm ab und hackte, noch während er sprach, die Äste davon herunter.

Bux hatte dem Gespräch der Männer in der ihm unverständlichen Sprache mit scheuem Blick gelauscht. So lange er sich noch allein in den Händen der Deutschen befand, schien ihm seine Lage immer nicht zum Äußersten gefährlich. Jetzt zum ersten Mal überkam ihn der Gedanke an die Strafe, der er entgegenging, überkam ihn zugleich die Angst davor.

»Steh' auf,« sagte Rottack zu ihm; »Du wirst einsehen, daß Dir weiteres Sträuben Nichts hilft, und Du kannst höchstens Deine Lage noch verschlimmern.«

»Landsmann,« sagte Bux mit heiserer, angstgepreßter Stimme, »Ihr werdet mich nicht den Fremden übergeben – ich – ich will ja Alles gestehen – ich bin ein armer Teufel – der Böse plagte mich – der Justus war auch ein schlechter Kerl – er hat mich verführt – er reizte mich. – Landsmann,« bat er dringender, als sich Rottack mit Ekel von ihm abwandte, indem er sich auf die Kniee warf und die gebundenen Hände zu ihm aufhob – »laßt mich laufen – ich will ein ordentlicher, braver Kerl werden – ich will meine Frau nicht mehr prügeln und die Kinder – ich will arbeiten, daß mir das Blut unter den Nägeln vorspritzt – Landsmann, habt Barmherzigkeit – Barmherzigkeit!« – und er schrie die letzten Worte in Todesangst gellend heraus.

»Die suche Dir bei Gott,« sagte Rottack erschüttert – »Deinetwegen sitzt schon ein unschuldiger, braver Mann die ganze Zeit, und der muß frei werden. Komm, wir haben keine Zeit mehr zu versäumen.«

Unten auf dem schmalen Waldwege knarrten Räder, und der Brasilianer, der einen Blick hinabgeworfen, pfiff auf seinem Finger. Bei dem Karren gingen vier Neger, die

Bauholz zu einer neuen Scheune im Walde geschlagen. Drei von ihnen kamen den kleinen Abhang heraufgesprungen.

»Werft einmal Euer Holz ab,« sagte der Brasilianer, »und ladet den Burschen hier auf; fahrt ihn aber nicht zum Hause, sondern in den kleinen Schuppen drüben bei den Kaffeebäumen, daß ihn meine Frau und die Kinder nicht zu sehn bekommen. Du, Joao, springst hinauf – wo ungefähr sind Ihre Pferde mit der Familie des Burschen da?«

»Etwa in dieser Richtung,« sagte Rottack, mit dem Arm aufwärts deutend – »aber die Frau versteht kein Portugiesisch, ich will lieber mit den Leuten gehen; wenn Sie nur so lange die Bewachung des Verbrechers übernehmen wollen.«

»Für den steh' ich gut. Also Du gehst mit dem Senhor dort hinauf, und thust was er Dir sagt; und Ihr Beiden packt einmal den Gesellen da auf, wenn er nicht gutwillig gehen will, und werft ihn auf den Karren.«

Die Neger sprangen lachend auf den Gebundenen zu, der in Angst und Entsetzen auffuhr und sich den Hang hinabwerfen wollte; aber die Leine, mit der er an den jungen Stamm befestigt war, warf ihn zu Boden, und wenige Minuten später fand er sich machtlos in der Gewalt der beiden riesigen Schwarzen, die ihn wie ein Kind zwischen sich nahmen und hinabschleppten. –

Eine Stunde später etwa kam Rottack mit der armen, in Thränen aufgelösten Frau und den Kindern, die vor Angst und Bangen sprachlos schienen, hinunter zur Chagra. Es war ein schweres Amt für ihn gewesen, den Jammer der Frau mit anzusehen und sich dabei sagen zu müssen, daß er eigentlich die Mitschuld daran trage; aber es konnte auch nicht umgangen werden, denn die so schon unglückliche Frau durften sie hier nicht allein und hülflos mitten in dem fremden Walde zurücklassen; sie wäre mit den Kindern verdorben. Was aber in seinen Kräften stand, sie zu trösten, that er. Er gab ihr vor allen Dingen alles Geld das er bei sich führte, und versprach, für sie in Santa Clara zu sorgen, auch ihre Kinder unterzubringen – sie ginge jetzt einem bessern Leben entgegen, als sie an der Seite des Verbrechers geführt – die Colonisten in Santa Clara würden sich ihrer annehmen, und sie solle außer Sorgen für die Zukunft sein. Er nahm ihr auch das kleinste Kind ab und trug es selber, daß sie leichter vorwärts kam, und that alles Mögliche, nur erst einmal ihre Thränen zu stillen. Es war ihm furchtbar, wenn er einen erwachsenen Menschen weinen sah.

So erreichten sie endlich die Chagra, der junge Graf noch immer das schreiende Kind auf dem Arm, als ihm Könnern entgegensprang.

»Graf Rottack, S i e als Kinderwärter?« sagte er lächelnd, indem er vor ihm stehen blieb, »und doch steht es Ihnen gut – Sie haben ein schweres, schweres Amt gehabt!«

»Allerdings,« seufzte der junge Mann, indem er einer auf ihn zukommenden Negerin das Kind übergab – »da, mein Schatz, sei Du so gut und sieh einmal zu, ob Du den Schreihals stopfen kannst, der Außerordentliches auf dem Weg hierher geleistet – und daß die arme Frau da Etwas zu essen bekommt. Ich fürchte fast, daß ihre Hauptkrankheit der Hunger ist. – Aber was ist denn mit Ihnen vorgegangen, Könnern? – Ihr Gesicht strahlt ja ordentlich vor Seligkeit!«

»Rottack – Rottack,« rief Könnern, seine Hand ergreifend – »ich habe sie gefunden!«

»S i e – so?« sagte der junge Graf in komischem Erstaunen; »so viel ich weiß, hatte i c h s i e gesucht, und Sie hatten es nur mit einem i h n zu thun.«

»Elise mein' ich.«

»Elise? – des alten Meier Tochter?«

»Sie ist hier – hierher geflüchtet; ihr Vater wurde krank, und ist eben in ihren Armen verschieden.«

»Nun,« sagte Rottack trocken, »für einen derartigen Sterbefall sehen Sie leidlich vergnügt aus. Wollen Sie aber so freundlich sein und mir sagen, weshalb S i e darüber so entzückt sind?«

»Aber wissen Sie denn nicht, daß ich Elise schon wie ein Verzweifelter im ganzen Walde gesucht hatte?«

»So? – nicht übel; also deshalb dieser Eifer, dem armen Köhler wieder zu seiner Freiheit zu verhelfen und dem Mörder auf die Spur zu kommen, und ich wurde eigentlich blos mitgenommen, um zuerst den Diebsfänger, nachher den Brautführer zu machen, und nebenbei schreiende Kinder durch den Wald zu schleppen, wie verzweifelte Mütter zu trösten!«

»Lieber, bester Graf!«

»Lassen Sie es gut sein; ich sehe schon wie es ist, immer die alte Geschichte – Günther geht heim zu seiner Braut, Köhler wartet nur darauf bis wir zurückkommen, und sitzt dann wieder mit seiner jungen Frau da oben in dem Miniaturparadies – Sie haben ebenfalls jetzt g e f u n d e n , was Sie gesucht, und ich bin wie gewöhnlich der, welcher leer ausgeht. M e i n einzig sichtbarer Vortheil ist auch wohl nur der, daß ich mich jetzt von Kopf bis zu Füßen neu kleiden kann und außerdem noch eine Apotheker-Rechnung für Pflaster zahlen, und für Herrn Bux' Familie sorgen darf! Hol' der Teufel Brasilien!«

»Armer Rottack!« lachte Könnern gutmüthig.

»Ja wohl, armer Rottack,« sagte der junge Mann, »und

das ist noch nicht einmal Alles! Sie können natürlich die junge Dame jetzt nicht mit dem todten Vater allein lassen, um alles das zu besorgen, was irgend nöthig ist. Also darf i c h mit ein paar sehr unangenehm ausdünstenden Negern wahrscheinlich den Transport allein übernehmen – wieder ein Vortheil!«

»Von Herzen gern will i c h das thun,« rief Könnern rasch, »wenn S i e nur dann meine Stelle h i e r vertreten wollen.«

»Hm, so? – damit Sie mir dann auch noch in Santa Clara den Dank der jungen Frau wegschnappen? Nein, damit ist's denn doch Nichts; d a s w i l l ich wenigstens haben, und wenn ich's mir stehlen müßte. Aber wie weit ist's von hier nach Santa Clara – haben Sie eine Idee?«

»Dieser Weg,« erwiederte Könnern, »führt nach der Colonie Santa Martha hinüber und soll bequem im Thal hinlaufen. Von dort haben Sie breite, trockene Fahrstraße bis Santa Clara, etwa sieben Legoas im Ganzen.«

»Nun, das geht an; dann brech' ich aber in einer Stunde auf. – Und wann kommen Sie nach?«

»Morgen früh wird die Leiche des alten Mannes beerdigt, dann hält mich hier Nichts weiter, und wenn es irgend möglich ist, bringe ich die Familie des Verbrechers gleich mit. Wir müssen jedenfalls sehen, daß wir für die arme Frau ein Unterkommen in der Colonie finden.«

»Das giebt wieder eine passende Beschäftigung für mich,« sagte Rottack, indem er zu seinem Pferde ging und es absattelte. Es mußte erst ein Wenig gefüttert werden, ehe er den Heimritt darauf antreten konnte.

9.
Herr von Pulteleben.

Nur verhältnißmäßig kurze Zeit war doch vergangen, seit Sarno die Colonie Santa Clara verlassen und Baron von Reitschen sein Regiment dort begonnen hatte, und welche traurige Veränderung brachte dieser kurze Wechsel in dem sonst so gemüthlichen, selbst freundlichen Orte hervor! Jede Beschäftigung schien darnieder zu liegen; die Colonisten zeigten zu keiner Arbeit mehr Lust; die Handwerker saßen den Tag über in der Schenke, um ihrem Ingrimm bei einem Glas oder mehreren Gläsern Bier Luft zu machen, und Herr von Reitschen – regierte indessen ruhig weiter und verübte unter dem Schutz seiner, stets bis an die Zähne bewaffneten Soldaten, jede Willkür, die ihm irgend beliebte.

Die wenigen Menschen, die noch zu ihm hielten – und das waren in der That wenige genug – wurden in jeder Weise begünstigt und konnten thun und lassen was sie wollten; die Übrigen durften nicht einmal ihr Recht fordern, wo es gekränkt worden, und die Soldaten besonders verübten in rohem Übermuth so viel nutzlose Streiche, daß wirklich der urgeduldige deutsche Charakter dazu gehörte, das Alles zu ertragen, ohne gewaltsam dagegen aufzustehen.

Herr von Reitschen kümmerte sich um das Alles nicht; er machte mit dem Baron, von dem er jetzt unzertrennlich schien, seine regelmäßigen Spaziergänge – bei denen er aber stets einen Revolver bei sich führte – und hatte dem Baron sogar, was er den armen Parcerie-Arbeitern rund abgeschlagen, eine der bestgelegenen Colonien g r a t i s überlassen, der Regierung gegenüber unter dem Vorwande natürlich daß der Baron eine »Musterwirthschaft« darauf anlegen und dadurch den Ackerbau in der Colonie

»wissenschaftlich« heben wolle.

Der gute Baron, der nicht einmal seine eigene kleine Chagra hatte lebensfähig verwalten können!

Natürlich machte das Alles nur immer mehr böses Blut, aber es half eben Nichts – es blieb Alles beim Alten, und nur der Polizeizwang wuchs von Tage zu Tage. Besonders litt darunter der arme Köhler, der immer noch in seinem Gefängniß stak und trotz seiner sonst gesunden Natur ein Fieber davongetragen hatte. So wenig weitere Beweise aber gegen ihn vorlagen, schien der Director fest entschlossen, sich an dem jungen Bauer für die erlittene Behandlung zu rächen, wo er die Gewalt dazu so trefflich in Händen hatte, und was etwaige Klagen oder Beschwerden der Colonisten selber in Rio de Janeiro betraf, so vertraute er dabei mit ziemlicher Sicherheit dem Schlendrian der brasilianischen Obergerichte, deren Gefahr sich auf Null reducirte, wenn er seine eigenen dort lebenden Freunde mit in Rechnung brachte. Er wußte auch besser als mancher Andere, daß sich alle diese Beamten, theils so oder so, compromittirt hatten, und nur dadurch, daß sie Einer den Andern hielten, konnten sie selber hoffen, keine Untersuchungen gegen sich und ihr eigenes Gebahren aufgebracht zu sehen.

Ganz Südamerika leidet ja an dem nämlichen Übel.

Äußerst wenig um die politischen, aber desto mehr um seine eigenen Verhältnisse kümmerte sich indessen Herr von Pulteleben, der bis dahin des festen und süßen Glaubens gelebt hatte, daß er mit schwellenden Segeln in einen reizenden und vollkommen sichern Hafen eingelaufen sei, und mit der ersten Morgendämmerung zu seiner Bestürzung fand, er sei gar nicht mehr flott, sondern sitze wie fest genagelt auf dem Trockenen in Schlamm und Sand, mit keiner Aussicht wieder loszukommen.

Von dem Augenblick an, wo er Helenens Brief erhielt, war er solcher Art von dem Gipfel seiner Hoffnungen herunter gerutscht – im Anfange zwar noch langsam und widerstrebend, je mehr er aber in Schuß kam, desto rascher, und jetzt fuhr er mit einer Schnelle in die Tiefe der prosaischen Wirklichkeit hinab, daß ihm ordentlich selber die Sinne darüber vergingen.

Umsonst hatte er sich dabei mit einer wahrhaft rührenden Ausdauer bemüht, von der einst gehofften Schwiegermutter genügende Auskunft über Helenens räthselhaftes Betragen zu erhalten. Das Einzige w a s er von ihr erhielt, war die Erlaubniß, die einlaufenden Rechnungen zu bezahlen, und daß e r unter solchen Umständen darin bald ermüdete, läßt sich denken.

Das erste Resultat war, daß die Arbeiter ihre Beschäftigung einstellten, was ihn aber nicht im Geringsten mehr interessirte, denn er hatte den Arbeitsplatz schon lange nicht mehr betreten, und er schloß nur d a r a u s, das noch genügender Absatz vorhanden sei, weil die aufgestapelten Kisten mit frischen Cigarren zusehends abnahmen – ohne daß er selber freilich das Geld für eine einzige derselben eincassirt hätte.

In der Colonie konnten diese Vorgänge natürlich auch nicht unbeachtet bleiben, denn daß die Comtesse ihrer Mutter Wohnung verließ und zu fremden Leuten zog, war ein zu sehr in die Augen springendes Factum. Aber mit anderen, wichtigeren Dingen beschäftigt, bildete man sich rasch eine eigene Motivirung dieses Schrittes, die auch manches Wahrscheinliche für sich hatte. Diese lautete: die alte Frau Gräfin wolle der Comtesse den Herrn von Pulteleben zum Mann aufdringen, die Comtesse wolle aber den Herrn von Pulteleben nicht haben, und da sie allbekannt stets sehr selbstständig aufgetreten, so war sie

155

einfach aus dem Hause gezogen, bis es der ihr nicht zusagende Bräutigam verlassen habe. Sobald der fort war, würde sie natürlich zu ihrer Mutter zurückkehren.

Das klang freilich nicht sehr schmeichelhaft für Herrn von Pulteleben, aber der arme Teufel sah, wenn er recht darüber nachdachte, selber keinen andern Grund für das merkwürdige Betragen seiner früheren Braut, und begriff dann nur nicht, weshalb sie früher so freundlich mit ihm gewesen war und selbst die Verlobung stillschweigend geduldet hatte. – Er ärgerte sich jetzt noch, wenn er daran zurückdachte, daß er sich nicht wenigstens an jenem Abend den Verlobungskuß hatte geben lassen, und daran war Niemand weiter schuld, wie der nichtsnutzige Junge, der Oskar, mit seinen albernen Streichen. Über die Tafel hinüber ging das freilich nicht.

Und was sollte jetzt werden? Sein Geld ging auf die Neige, neuen Zuschuß von Hause konnte er kaum unter drei Monaten erwarten – und was würden sie zu Hause sagen, wenn sie von der rückgängig gewordenen Verbindung mit der Comtesse hörten? – Er w o l l t e – er m u ß t e fort – aber die Schwiegermutter – er hatte eine Heidenangst vor der Frau Gräfin, und saß heute wieder in seinem Zimmer, wo er schon so oft gesessen, und überlegte und grübelte, wie er sich am Besten und Anständigsten aus der Affaire ziehen könne.

Draußen wurden Schritte laut, und gleich darauf ging die Thür auf, durch die Oskar, eben von einem Ritt zurückkehrend, trat und sich mit einem »Donnerwetter, ich bin müde!« auf das Sopha warf. Herr von Pulteleben rührte sich nicht, und Oskar, der ihn eine Weile von der Seite betrachtete, lachte; endlich sagte er:

»Na, Pulteleben, Sie schneiden ja ein Gesicht, als ob Ihnen die Petersilie verhagelt wäre. Was ist nun wieder los?«

»Nichts Besonderes, daß ich wüßte,« erwiederte der junge Mann, gerade nicht in der Stimmung, eine Unterhaltung mit seinem Besuche anzuknüpfen.

»Was der Lene in den Kopf gefahren ist,« nahm Oskar das Gespräch auf, der die Niedergeschlagenheit seines Gesellschafters natürlich auf diese Quelle zurückführte – »das weiß der Henker! Das Mädel muß übergeschnappt sein, denn sie nimmt m e i n e n Besuch nicht einmal mehr an. Was sagen Sie dazu?«

Herr von Pulteleben antwortete nicht, er war entschlossen den jungen Grafen todtzuschweigen.

»Die Alte steckt dahinter,« fuhr Oskar aber trotzdem, und etwas unehrerbietig diese »Alte« auf die Frau Gräfin beziehend fort – »so viel ist sicher, und Sie müssen durch irgend Etwas bei ihr in's Fettnäpfchen getreten haben. Machen Sie nur um Gottes willen wieder Frieden mit ihr, denn das ist ja hier im Hause jetzt gar nicht mehr auszuhalten. Ihr seid A l l e unausstehlich, und das Schlimmste dabei, daß man Euch noch dazu Alle einzeln aufsuchen muß, um sich einzeln über Euch zu ärgern.«

Herr von Pulteleben schwieg. Er hatte auch andere Ansichten über die »Alte«, denn von seiner Seite war in der That Alles geschehen, ein mögliches Mißverständniß – wenn e r auch nicht wußte, durch was es entstanden sein konnte – aufzuklären. Helene war verändert, seit sie den B r i e f gelesen hatte, so viel blieb sicher, aber was in dem Briefe gestanden und wie weit er damit in Beziehung stehen konnte, begriff er nicht, wenn nicht – er sprang mit einem Mal von seinem Stuhl auf und lief in der Stube auf und ab, ohne Oskar's Gegenwart weiter zu berücksichtigen. – Hatten sie – es lief ihm mit einem unbehaglichen Gefühl über die Seele – hatten sie vielleicht nach Deutschland geschrieben und von dort aus Nachricht erhalten, daß s e i n e Verhältnisse nicht so glänzend waren, wie er hier zuweilen angedeutet?

»Na, wo brennt's nun wieder?« sagte Oskar, der dem Hausgenossen erstaunt zugesehen hatte.

Herr von Pulteleben war aber schon mit sich einig – er hatte noch nie so schnell gedacht. – Um aus dieser Ungewißheit gerissen zu werden, mußte er, und zwar gleich, mit der Gräfin sprechen. Es war überhaupt nothwendig, daß er sie aufsuchte, denn s o k o n n t e ihr Verhältniß nicht mehr fortbestehen, und ein entscheidender Schritt mußte nach der einen oder andern Seite hin geschehen.

»Lieber Oskar,« sagte er plötzlich zu dem jungen Manne – »Sie erlauben wohl, daß ich mich anziehen kann, ich – muß Ihre Frau Mutter sprechen.«

»Ja, ich habe Nichts dagegen,« lachte Oskar – »aber Sie s i n d ja angezogen.«

»Ich – habe schon einen Spaziergang gemacht und – möchte meine Wäsche wechseln.«

»So – aha, und da soll ich derweil gehen?« sagte Oskar, sich langsam erhebend – »nun, meinetwegen. Aber, Pulteleben, noch Eins, weshalb ich eigentlich heraufgekommen war. Bitte, borgen Sie mir doch bis morgen früh zwanzig Milreis; ich brauche sie nothwendig.«

Herr von Pulteleben, der schon angefangen hatte seine Cravatte abzubinden, hörte mit seiner Beschäftigung auf und sah sich nach dem jungen Mann um.

»Lieber Oskar,« sagte er endlich, »es thut mir wirklich leid, keine zwanzig Milreis mehr über zu haben, denn Ihre Frau Mutter hat in der letzten Zeit so bedeutend auf mich gezogen, daß ich – daß ich wirklich das wenige mir noch Gebliebene zusammenhalten muß.«

»S–o?« sagte Oskar gedehnt und sah von Pulteleben an.

»Überhaupt,« fuhr dieser fort, »müssen Sie in den letzten Tagen mehrere recht hübsche Einnahmen g e h a b t haben, denn ich sehe, daß sich die Cigarrenkisten da unten auffallend vermindern.«

»Da fragen Sie meine Mutter,« rief der junge Bursche, »d i e besorgt das; ich habe mit Müh' und Noth tausend Stück für mich gerettet.«

»Gerettet? – hm!«

»Also Sie haben Nichts?«

»Im Augenblick wirklich nicht. Zu was brauchen Sie's denn?«

»Na, wissen Sie,« sagte Oskar, »wenn Sie Nichts haben, kann Ihnen das auch einerlei sein. – Guten Morgen!« Und damit verließ er das Zimmer und warf die Thür hinter sich in's Schloß.

»Weiter fehlte mir gar Nichts,« brummte von Pulteleben, riegelte hinter ihm zu und begann dann mit äußerster Sorgfalt seine Toilette zu machen. Selbst den schwarzen Frack bürstete er sehr sorgfältig aus, seufzte über einige Mottenlöcher, die ihm hineingefressen waren, klingelte dann, und als Dorothea heraufkam, ließ er sich bei der Frau Gräfin melden, »da er etwas Wichtiges mit ihr zu sprechen habe.«

Das Mädchen kam nach einiger Zeit zurück und berichtete, es würde der Frau Gräfin sehr angenehm sein, und von Pulteleben stieg jetzt genau mit dem nämlichen Gefühl die Treppe hinab, als ob in der ersten Etage ein

Zahnarzt wohne, unter dessen Händen er sich einer sehr gefürchteten Operation unterwerfen wolle.

Die »Frau Gräfin« – wir müssen sie doch jetzt schon so fort nennen, da ja von Pulteleben auch keine Ahnung vom Gegentheil hatte – saß in voller Toilette auf ihrem Sopha, denn auch sie war eben im Begriff gewesen auszugehen und einen Besuch bei Rohrlands zu machen. Immer wiederholte sie diese Besuche, in der steten Hoffnung Helenen dort einmal allein treffen und sprechen zu können, und immer wich ihr Helene aus, ja, schloß sich sogar ein, wenn sie es erzwingen wollte.

»Sie haben gewünscht mich zu sprechen, Herr von Pulteleben?«

»Ja – Frau Gräfin,« sagte der junge Mann, mit dem Hut in der Hand und sich verlegen nach einem Stuhl umsehend – »ich – und ich bin Ihnen sehr dankbar dafür, daß Sie ....«

»Und mit was kann ich Ihnen dienen? Bitte, nehmen Sie Platz,« sagte die Gräfin.

»Sie erlauben – ja, Frau Gräfin – Sie können sich doch wohl denken,« sprang von Pulteleben verzweifelt gleich mitten in die Frage hinein, »daß mir der jetzige Zustand – die Vernachlässigung meiner – Ihrer Fräulein Tochter, der Comtesse, unerträglich werden muß, und ich habe mir Tag und Nacht den Kopf darüber zerquält, w a s die Veranlassung dazu gewesen sein könnte. Wenn – wenn Sie mich nur über Eines beruhigen möchten.«

»Und das wäre?«

»Der Brief,« sagte von Pulteleben entschlossen.

»Welcher Brief!« fuhr die Frau Gräfin auf und schoß einen mißtrauischen Blick nach ihrem *vis-à-vis*. Hatte Helene etwa ihr Geheimniß verrathen? Aber von Pulteleben verscheuchte bald diese Befürchtung.

»Der Brief, den die junge Dame an jenem Abend aus Ihrem Zimmer brachte,« sagte er entschlossen, »denn von jenem Augenblick an datirt sich die mir so ungünstige Veränderung, und ich kann in der That jetzt nicht anders glauben, als daß irgend eine mir böswillig gesinnte Hand darin Nachrichten über mich gegeben hat, die zu widerlegen mir wahrscheinlich ein Leichtes sein würde, wenn ich – nur eben wüßte worauf sie basirten.«

»Beruhigen Sie sich darüber,« erwiederte die Gräfin, der damit ein Stein vom Herzen fiel; »der Brief hatte nicht das Geringste mit Ihnen zu thun und betraf in der That auch nur gleichgültige Gegenstände. Meine Tochter benutzte das nur als Vorwand. Sein Sie versichert, daß von Ihnen nie auf ungünstige Weise die Rede gewesen ist, und ich hoffe selbst jetzt noch Helene zu bestimmen, ihre Meinung zu ändern. Lassen Sie uns die Sache nur ruhig abwarten und Nichts übereilen. Wir müssen im Gegentheil unser in der letzten Zeit sehr vernachlässigtes Geschäft wieder mit frischen Kräften in die Hand nehmen und ich bin dann überzeugt ....«

»Entschuldigen Sie, daß ich Sie unterbreche,« sagte von Pulteleben, den schon bei Erwähnung des »Geschäfts« ein eigenes Grauen beschlich; wußte er doch jetzt, daß sich das Ganze allein darauf beschränkte, zu einem ihm vollkommen räthselhaften Betrieb nur fortwährend frische Summen aus ihm herauszudrücken. Selbst die Aussicht auf die für das Rittergut zu erwartenden Gelder hatte bei ihm den Zauber eingebüßt, der sie sonst verklärte. – »Ich für meine Person setze nicht mehr die geringste Hoffnung auf die Comtesse, denn – wie groß auch meine Liebe für sie war und ist, darf ich doch nicht daran denken, mich ihr aufzudringen, und jedem weiteren Schritt von meiner Seite ließe sich kein anderer Name geben.«

»Aber, lieber Pulteleben!«

»Deshalb,« fuhr aber der junge Mann unbeirrt fort, »bin ich auch fest entschlossen, mich – von dem Geschäft zurückzuziehen, da ich – doch auch nachgerade anfange einzusehen, daß ich einer solchen Arbeit nicht gewachsen bin, und Oskar – sich entschieden weigert, mir darin beizustehen.«

»Aber das wird sich Alles reguliren,« suchte ihn die Gräfin zu beschwichtigen; »wir müssen nur nicht verlangen, daß wir mit e i n e m Mal Schätze sammeln wollen. Ich gebe Ihnen mein Wort, daß wir mit dem neuen Tabak ....«

»Ich bin fest entschlossen, für m e i n e Rechnung k e i n e n Tabak mehr zu kaufen,« sagte der zur Verzweiflung Getriebene. »Wollen Sie es auf e i g e n e Rechnung fortführen, so wünsche ich Ihnen alles Glück und allen Segen dabei, Frau Gräfin, aber ich bitte Sie ernstlich, mich von diesem Augenblick an von jedem Betrieb desselben zu dispensiren.«

»So?« sagte jetzt die Frau Gräfin, die wohl fühlte, daß die Bande gelockert, ja, vielleicht schon gelöst waren, die den jungen, schüchternen Menschen bis dahin an sie gefesselt gehalten, indem sie zu ihrer l e t z t e n Waffe griff, denn sagte sich Helene jetzt vollständig von ihr los, von was sollte sie dann mit ihrem Sohn leben? – »und das sind Sie im Stande mir in's Gesicht zu sagen? Das halten Sie jetzt für gut und nützlich, nachdem Sie mich erst, eine arme Frau, die von Geschäften gar Nichts verstehen k a n n , verleitet haben, meine ganzen Existenzmittel in ein solches Unternehmen zu stecken?«

»Aber, Frau Gräfin!« rief von Pulteleben wirklich entsetzt, denn auf d i e s e Anschuldigung war er nicht gefaßt gewesen.

»Ist das männlich, ist das selbst nur e h r l i c h gehandelt?« fuhr die Frau fort, die wieder Boden zu fühlen glaubte. – »Ich habe mein ganzes Vertrauen auf Sie gestellt gehabt, junger Mann, ich sah, daß ich es mit einem braven, rechtlichen Menschen zu thun hatte, und überließ Ihnen o h n e Rückhalt Alles, und jetzt wollen Sie, wo einmal eine flüchtige Wolke vor die Sonne tritt, muthlos und feig die Flinte in's Korn werfen und mich im Stich, mich allein mit allen übernommenen Verbindlichkeiten lassen? K ö n n e n Sie das über's Herz bringen, d ü r f e n Sie das? Nein, ich sehe, daß Sie den unüberlegten Schritt schon bitter bereuen; ich trage Ihnen auch keinen Groll deshalb nach, Arno – ich will sogar diesen Augenblick, der recht, r e c h t bitter für mich war, das sage ich Ihnen aufrichtig, vergessen – es soll nicht einmal der Schatten desselben mehr zwischen uns liegen!«

»Frau Gräfin!«

»Keine Entschuldigung, lieber Arno,« sagte die Dame, die ihre besonderen Gründe hatte sich auf keine Einzelnheiten einzulassen. »Ich gehe jetzt zu meiner Tochter Helene – in wenigen Tagen kommt außerdem der schon längst erwartete Dampfer, der mir sicher meine Briefe bringt, und – Sie werden mir noch fußfällig abbitten, daß Sie je an mir gezweifelt haben. – Werd' ich Ihnen doch beweisen können, daß ich wirklich wie eine Mutter für Sie gesorgt!«

»Beste Frau Gräfin!«

»Es ist schon gut,« lächelte seine Gönnerin – »wir sprechen heute Abend weiter darüber. – Guten Morgen, lieber Arno – guten Morgen!«

Die Frau Gräfin stand auf, grüßte noch einmal freundlich mit der Hand und rauschte dann durch die Thür die Treppe hinunter – hätte sie aber sehen können, was in Arno von Pulteleben's Busen vorging, sie hätte ihn nicht so rasch verlassen – wenigstens jetzt noch nicht.

Gerade als die Gräfin um die Ecke bog, kam Jeremias in das Haus herein und stieg langsam die Treppe hinauf. Herr von Pulteleben hatte ihn kommen sehen und erwartete ihn oben. Leise murmelte er dabei: Ja, ich weiß schon: mit Helenen sprechen, Briefe von Deutschland erwarten, mit den Wechseln, die nie eintreffen! – Nein, Frau Gräfin, d a s zieht nicht mehr, und wenn ich da nicht Gewalt brauche, bin ich wieder angeführt! – »He – Jeremias – Jeremias! Kommen Sie einmal rasch herauf!«

»Nun?« sagte Jeremias, indem er dem Rufe Folge leistete, »was haben Sie denn heute so Eiliges? Die Post geht noch nicht!«

»Jeremias,« sagte von Pulteleben, der sich in sichtbarer Aufregung befand, »wollen Sie – wollen Sie zwei Milreis verdienen?«

»Sind Sie ein komischer Mensch!« schmunzelte Jeremias; »können Sie mir einen vernünftigen Grund sagen, warum nicht?«

»Wo ist Oskar?«

»Sitzt drüben bei Buttlichs und trinkt eine Flasche Bier.«

»Gut, dann schaffen Sie mir dieses Gepäck in Bohlos' Hotel hinüber. Wenn Sie binnen jetzt und fünfzehn Minuten drüben sind, bekommen Sie zwei Milreis; für jede Minute, die Sie es f r ü h e r abmachen, lege ich Ihnen hundert Reis auf, für jede, die Sie s p ä t e r dorthin kommen, ziehe ich Ihnen hundert ab. Sind Sie das

164

zufrieden?«

»Aber die Koffer sind ja noch nicht einmal gepackt!«

»Das ist in zwei Minuten geschehen und zählt nicht.«

»Hurrjeh!« sagte Jeremias, indem er aufgriff was auf den Stühlen lag, und rücksichtslos in die offenen Koffer hineinstopfte – »mein Karren steht gerade unten an der Thür, in sieben und einer halben Minute bin ich drüben.«

»Um Gottes willen, Sie zerdrücken mir ja Alles!« rief Herr von Pulteleben, über den Eifer jetzt ordentlich erschreckt, den der kleine Bursche entwickelte.

»Schad' Nichts, bügeln wir Alles wieder aus!«

»Hier die Stiefel.«

»Nehmen wir in die Hand.«

»Den Plaid.«

»Können wir oben aufschnallen.«

»Die Hutschachtel.«

»Schmeißen wir auf den Karren – und die Cigarrenkiste auch.«

»Die bleibt hier.«

»Desto besser – geben Sie einmal den Schlafrock her.«

»Da klingelt noch Etwas darin.«

»Macht Nichts – werden ein paar Louisd'or sein – können Sie drüben herauspuddeln – Einer wär' fertig!«

»Da hängt noch eine Weste – halt, das Handtuch bleibt auch hier.«

»Sollten Sie sich eigentlich zum Andenken mitnehmen,« meinte Jeremias; »Jemine, ist das ein Vergnügen! – Sonst noch 'was? – Haarlocken vielleicht oder getrocknete Blumen?«

»Hinunter mit dem, ich mache indessen den andern fertig!«

Jeremias packte den einen Koffer auf, und die Dorothea stürzte erschreckt aus der Küche heraus, als er damit auf der oberen Treppe ausrutschte und sechs oder acht Stufen mit furchtbarem Spectakel hinabpolterte. Jeremias war aber nicht der Mann, sich bei Kleinigkeiten aufzuhalten, und stand im Nu wieder auf den Füßen.

»Herr du meine Güte!« rief aber Dorothea bestürzt – »ist denn Feuer oben?«

»Noch nicht, aber 's riecht schon nach Rauch,« sagte Jeremias und war im Handumdrehen die zweite Treppe hinunter.

Zehn Schritt vom Hause stand sein Karren, den er rasch vor die Thür zog; der Koffer lag darauf und mit immer drei Stufen auf einmal lief er nach dem zweiten, den ihm Herr von Pulteleben schon durch die Thür entgegenzog.

Wie er mit einer Masse kleinen Handgepäcks beladen auf die erste Etage kam, stand die Dorothea da, schlug die Hände zusammen und sagte:

»Aber Herr von Pulteleben, wollen Sie denn a u c h fort?«

»Ich – werde eine kleine Reise machen, Dorothea,« sagte der junge Mann, der sich selber vor der alten Magd genirte, seine Flucht einzugestehen; »hier – ist Etwas für Ihre Bemühungen für mich,« und er drückte ihr dabei fünf Milreis in die Hand.

»Ach, ich danke auch schön – das war ja gar nicht nöthig – na, da wird's aber jetzt recht einsam bei uns werden.«

»Guten Morgen, Dorothea!«

»Guten Morgen, Herr von Pulteleben!«

Unten an der Treppe begegnete er dem Bäckermeister Spenker, der eben hinauf wollte.

»Ach, Sie wollen wohl verreisen, Herr von Pulteleben, da ist mir's sehr lieb, daß ich Sie noch treffe. – Ich wollte meine Miethe holen. Die Frau Gräfin hat mich wieder so lange damit hinausgezogen.«

»Die Frau Gräfin wird den Augenblick wieder zurück sein,« sagte Herr von Pulteleben – »ich habe die Casse nicht mehr – guten Morgen, Herr Spenker!«

»S i e haben die Casse nicht mehr?« brummte der Bäckermeister leise vor sich hin, als Herr von Pulteleben schon aus dem Hause war – »na, da bin ich wirklich neugierig, wer sie jetzt hat. Das ist eine Staatswirthschaft!«

»Wollen Sie nicht lieber warten, bis die Frau Gräfin zurückkommt?« schmunzelte Jeremias, als er sein Tragband draußen umhing und sich vorspannte, und sah dabei Herrn von Pulteleben mit einem höchst komischen Blick von der Seite an; »würde ihr doch unendlich leid thun –«

»Sieben Minuten sind schon um,« sagte Herr von Pulteleben, nach seiner Uhr sehend.

»Und in dreien bin ich drüben!« rief Jeremias und rasselte auch im nächsten Augenblick mit seinem Karren die Straße hinab, als ob er vor eine Feuerspritze gespannt wäre und zur Rettung eilte. Herr von Pulteleben konnte gar nicht mit ihm Schritt halten. –

10.
Graf Rottack's weitere Beschäftigung.

Durch die kleine Colonistenstadt wälzte sich ein Menschenschwarm, der von Minute zu Minute wuchs und gerade auf das Directionsgebäude zu hielt.

Herr von Reitschen spielte eben mit dem Baron eine Partie Schach, als das Geschrei und Jubeln an sein Ohr schlug, und er sprang erschreckt in die Höhe, denn er kannte recht gut die gegen ihn herrschende Stimmung der Colonisten, und hielt den Ausbruch einiger Tollköpfe gar nicht für unmöglich. Freilich wußte er aber auch, daß sie keinen Führer hatten, und was die Masse auch vielleicht gethan hätte, wenn richtig zusammengehalten, die Einzelnen wieder waren viel zu indolent, aus eigenem Antrieb etwas Derartiges zu beginnen.

Übrigens hatte er die bewaffnete Mannschaft größtentheils unten in seinem Wohngebäude liegen, die Übrigen waren seines Rufes gewärtig im Auswanderungshaus, und diese Macht hielt er für vollkommen genügend, ein paar unzufriedene deutsche Bauern im Zaum zu halten. Nichts desto weniger sprang er an's Fenster, um zu sehen was es gäbe, und mit dem Baron neben sich beobachtete er die Schaar, die wunderlich geführt war, aber allem Anschein nach doch nichts Feindseliges gegen ihn bezweckte.

»Was zum Teufel haben die Holzköpfe nur wieder, Jeorgy, daß sie da am hellen Tag durch die Straßen brüllen? So wie man ihnen die Zügel nicht immer straffer und straffer zieht, werden sie den Augenblick wieder übermüthig. Wen, um Gottes willen! bringen sie denn da auf einem Maulthier? Ist der Mann nicht gebunden?«

»Wahrhaftig!« sagte der Baron Jeorgy, der sein Opernglas aufgeschraubt hatte und damit hinaus auf den Zug sah – »das ist der Mensch, der sich hier eine Zeit lang herumgetrieben und dann mit seiner Familie die Colonie verlassen hat. Bux heißt er, glaub' ich, und wollte hier Vorstellungen im Bauchreden und dergleichen geben, was ihm aber nicht glückte.«

»Und wer ist der Reiter neben ihm?«

»Der junge Graf Rottack; wie aber d i e Beiden auf solche Art zusammenkommen, ist mir ein Räthsel.«

»Nun, wir werden ja gleich hören, denn augenscheinlich kommen sie hierher. – Daß Ihr mir Keinen von dem Volk in's Haus laßt!« rief er dann auf Portugiesisch den beiden Soldaten zu, die vor seinem Haus standen – »nur der Herr, der zu Pferd sitzt, kommt herauf.«

Vor dem Hause hielt der Schwarm, der noch ununterbrochen von Hinzuströmenden anwuchs. Und in der That war es auch ein wunderliches Schauspiel, denn auf dem Maulthier, das von zwei fremden Negern geführt wurde, festgeschnürt, die Ellbogen außerdem noch auf dem Rücken zusammengebunden, saß bleich und blutig der gefangene Mörder, während der junge Graf, in seinen zerfetzten Kleidern, Könnern's Gewehr über der Schulter, auf seinem Rappen daneben saß und zu den Umstehenden sprach.

Endlich stieg der Reiter ab, gab sein Pferd einem der Leute, der es augenblicklich in das Hotel hinüberführte, um nur recht bald wieder zurück zu sein, und schritt dann langsam in das Haus. Die beiden Soldaten ließen ihn, dem Befehl gehorsam, hinein und verstellten dann wieder die Thür – aber es wollte ihm außerdem Niemand folgen, denn er hatte sie gebeten, seine Rückkunft hier draußen abzuwarten.

Unten im Hause trieben sich noch einige Soldaten herum, die ihn neugierig betrachteten – sonst war Alles leer und öde. Der junge Mann stieg langsam die Holztreppe hinauf, die zu dem Zimmer des Directors führte, welchem er wenige Minuten später gegenüberstand.

»Guten Abend, meine Herren!«

»Ah, guten Abend lieber Graf,« sagte der Baron mit etwas verlegener Freundlichkeit, während der Director nur eine stumme Verbeugung machte – »Parbleu! Sie sind gut zugerichtet; wo, um Gottes willen! haben Sie nur gesteckt?«

»Draußen im Walde, Baron. – Herr Director, ich weiß nicht ob es nöthig ist, daß ich mich Ihnen noch einmal vorstelle?«

»Graf Rottack?« sagte der Director – »ich hatte das Vergnügen bei der Frau Gräfin.«

»Ja,« sagte der junge Mann, während ein spöttisches Lächeln um seine Lippen zuckte – »bei der Frau Gräfin – doch zur Sache. Ich bringe Ihnen den Mörder des Schneiders, jenen Bux, an dessen Statt Sie den armen Köhler so lange unschuldig eingesperrt gehalten haben.«

»Und sind Sie dessen gewiß?« fragte der Director, eben nicht angenehm überrascht.

»Hier,« sagte Rottack vollkommen ruhig, indem er eine Uhr und ein rothseidenes Tuch aus der Brusttasche nahm, »sind zwei Gegenstände, welche dem Ermordeten gehört, und die wir bei seinem Mörder gefunden haben. Die Uhr warf er auf der Flucht von sich und ich hob sie selber auf – das Tuch hatte er unter seinem Hemd um den Leib gebunden. Außerdem gestand er schon den Mord, welchen er nur auf allerlei ausweichende Art zu entschuldigen sucht.«

»Hm,« sagte der Director, ohne die auf den Tisch gelegten Sachen anzufassen – »und sind Sie fest überzeugt, daß Uhr wie Tuch dem Ermordeten – wie hieß er gleich, Baron?«

»Justus Kernbeutel.«

»Dem Justus Kernbeutel gehört haben?«

Rottack sah etwas überrascht Herrn von Reitschen an, dann antwortete er wieder ruhig:

»Ich habe Ihnen schon gesagt, Herr Director, daß der Mann den Mord gestanden hat. Außerdem haben wir beide Gegenstände der alten Haushälterin des Ermordeten gezeigt, und sie ist erbötig, jeden Augenblick zu beschwören, daß sie nicht allein sein Eigenthum waren, sondern daß er sie auch am Tage der That getragen hat.«

»Hm – das sind allerdings sehr starke Beweise, und demnach scheint es,« sagte der Director, »als ob der Köhler nicht den Mord begangen hat – keinesfalls wenigstens allein.«

»Außerdem,« fuhr Rottack fort, »ist, wie ich eben da unten höre, der Colonist jetzt mit vor der Thür und hat seinen Schwager und seine beiden Brüder mitgebracht, in dessen Hause sich Köhler gerade die Nacht, in welcher der Mord verübt wurde, aufgehalten. Der Mann war schon einmal da, um seine Aussage zu beschwören, wurde aber nicht vorgelassen, und mußte wieder nach Hause, weil seine Frau schwer krank lag.«

»Hm – gut – ich will wünschen daß er unschuldig ist,« sagte der Director, nach seiner Uhr sehend – »doch das werden wir ja Alles bei dem Verhör herausbekommen. Ich werde gleich Auftrag geben, den gefangenen Verbrecher in Gewahrsam zu nehmen – heute ist es doch zu spät noch daran zu gehen, und morgen früh um zehn Uhr ersuche ich

Sie dann, sich wieder hierher zu verfügen, um das Weitere zu erwarten.«

»Herr Director,« sagte Rottack staunend, »der arme Mann, der Köhler, hat Wochen lang unschuldig gesessen, und ist in seinem Gefängniß sogar erkrankt; wir haben jetzt den bestimmten Beweis, daß er unschuldig war – wollen Sie ihn noch eine Nacht länger ohne Noth in dem Zustande lassen?«

»S i e haben den Beweis, mein lieber Herr Graf,« lächelte der Director, »aber i c h habe ihn nicht eher, als bis das Verhör geschlossen ist. Sie nehmen sich überhaupt der Sache mit einem solchen Feuereifer an, daß Sie sogar ganz in Gedanken bewaffnet in mein Zimmer gekommen sind.«

»Herr Director,« sagte der junge Graf finster, »der Ort wimmelt hier so von Bewaffneten, daß man sich ordentlich in einem Belagerungszustand glaubt, und da kann Einem etwas Derartiges wohl passiren. Doch das sind Nebendinge, und im Auftrag der sämmtlichen Colonisten von Santa Clara ersuche ich Sie recht freundlich, das Verhör des Gefangenen jetzt g l e i c h vorzunehmen und den Unschuldigen seiner Familie wieder zu geben.«

Der Baron bog sich zu dem Director über und flüsterte ihm ein paar Worte in's Ohr. Es lag Etwas in Rottack's Auge, das ihm nicht gefiel, und er war von je ein Mann des Friedens gewesen.

»Mein lieber Baron,« sagte aber der Director, »es thut wir wirklich leid, aber ich kann und werde von meinen bestimmten Geschäftsstunden nicht abgehen. Es ist vier Uhr vorüber« – er sah wieder nach der Uhr – »ja, sogar schon ein Viertel auf Fünf vorbei, und es bleibt uns heute keine Zeit mehr, die Sache vorzunehmen. Wie ich Ihnen also gesagt habe, Herr Graf, morgen früh um zehn Uhr.«

Graf Rottack stand Herrn von Reitschen gerade gegenüber – nur der Tisch war zwischen ihnen – und man sah es ihm an, wie er sich gewaltsam zwang, ruhig zu bleiben.

»Herr Director, im Namen der Menschlichkeit bitte ich Sie, von Ihrem Grundsatz heute einmal abzugehen. Köhler m u ß seiner Familie heute wiedergegeben werden.«

»Von einem M u ß , Herr Graf, kann hier gar keine Rede sein,« erwiederte ihm Herr von Reitschen kalt und fast höhnisch – »ich bitte Sie, I h r e Worte ein Wenig auf die Wage zu legen; m e i n letztes Wort haben Sie.«

»Nun denn, beim ewigen Gott!« rief Rottack, der seinen ausbrechenden Zorn nicht mehr mäßigen konnte – »dann hören Sie auch meines! Glauben Sie denn, Sie erbärmlicher Miniatur-Tyrann, daß Sie hier wirthschaften können wie Sie wollen, und mit Sclaven, anstatt mit freien Colonisten zu thun haben? Ich gebe Ihnen zwanzig Minuten Zeit, und hat bis dahin das Verhör nicht begonnen, dann verderbe meine Seele, wenn ich nicht an der Spitze der Schaar da unten dieses Gaunernest stürme und Sie höchsteigenhändig aus dem Fenster werfe!«

»Herr Graf!« rief der Director erschreckt und trat an's Fenster.

»Lieber, bester Graf!« bat der Baron.

»Zum Teufel mit Ihrem Grafen!« rief der junge Mann außer sich. »Soll Einem die Galle nicht überlaufen, wenn man da eine solche bleiche Canaille alle Menschenrechte mit Füßen treten sieht! Ha, sehen Sie sich nach Ihren Soldaten um – glauben Sie, der Schwarm hohläugiger, in Mark und Saft verdorbener Brasilianer könnte einem einzigen Anprall unserer deutschen Bauern widerstehen? Ist d a s der ganze Schutz den Sie haben, und mit dem hatten Sie die Frechheit, hier aufzutreten wie Sie aufgetreten sind? Hier, meine Uhr zeigt auf fünf Minuten vor halb – hat um drei Viertel das Verhör nicht begonnen, dann sind Sie jetzt gewarnt. Das Blockhaus, in dem Köhler sitzt, wird mit dem Schlag drei Viertel über den Haufen geworfen, und fällt ein einziger Schuß von Ihrer Schaar, so stürmen wir das Nest hier, und daß S i e schneller hinausfliegen als Sie hereingekommen sind, dafür bürgt Ihnen mein Ehrenwort – also auf Wiedersehen!« und mit den Worten stürmte er hinaus, die Treppe hinunter und unbelästigt von den Wachtposten, die mit Staunen den Lärm da oben gehört hatten, unter die vor dem Hause versammelten Colonisten.

Die Erbitterung gegen den Director hatte aber in der ganzen Colonie schon einen solchen Grad erreicht, daß es wirklich nur noch des zündenden Funkens bedurfte, den jetzt der junge, wüthende Graf unter sie brachte, um zu explodiren. Kaum hatte er ihnen unten zugerufen, was der Director beabsichtige und was e r ihm zugeschworen, als die jungen Burschen nach allen Richtungen auseinander stoben, und kaum zehn Minuten später mit Gewehren, Heugabeln, Sensen, Dreschflegeln und allen möglichen anderen, zu Waffen zu verwendenden Dingen angesprungen kamen.

Der Director war indessen fast sprachlos vor ohnmächtiger Wuth in seinem Zimmer auf und ab gelaufen, und sein eigenes Gewehr von der Wand reißend, schwor er, daß er die Bande wolle zusammenschießen lassen, und wenn er selber dabei zu Grunde ginge. Der Baron aber sah weiter: Brach hier im Ort eine Revolution aus, so warfen sich die »Demokraten« allerdings zuerst auf das Directionsgebäude – und er selber hatte nur geringes Vertrauen zu den brasilianischen Soldaten. Dann aber mußte sich die Wuth, ihr erstes Ziel erreicht, im natürlichen Lauf der Dinge gegen die übrige Aristokratie wenden, und daß er selber nicht übermäßig im Ort beliebt war, wußte er eben so gut. Aus innerstem Herzen heraus bat er deshalb den Director – nur um Blutvergießen zu vermeiden – der Gewalt nachzugeben, eine spätere Untersuchung sollte dann schon die Schuldigen bestrafen und besonders den Rädelsführer treffen. Er war Zeuge, und der Director konnte in allen Fällen auf ihn rechnen – wozu jetzt Alles auf Eine Karte setzen, während noch dazu die Chancen des Spieles gegen ihn waren.

Der Director sah aus dem Fenster – unten wogte und tobte es – mehr als dreihundert Männer in Hemdsärmeln, ihre Gewehre und andere Waffen im Arm, sammelten sich dort um den Grafen Rottack, der mit der Uhr in der Hand zwischen ihnen stand. Der Director sah nach seiner eigenen Uhr – es fehlte noch fünf Minuten an drei Viertel. – Die Soldaten im Hause hatten sich vor der drohenden Bewegung gesammelt, und der Unterofficier steckte jetzt ganz verblüfft den Kopf in die Thür und fragte, welche Befehle der Herr Director gäbe. Es war den Blaujacken da unten auch nicht wohl geworden, denn einem einzelnen hülflosen Colonisten gegenüber hatten sie Muth genug gezeigt, heute aber sah es beinahe aus, als ob sich das Spiel umdrehen solle, und die kleine Schaar hatte eigentlich schon unter sich einen Plan gemacht, wenn die Sache bös abliefe, in geschlossenem Trupp nach den Booten zu fliehen und den Fluß hinabzugehen.

Der Director lief noch immer im Zimmer auf und ab.

»Sie weichen ja nur der Übermacht – der rohen Gewalt,« sagte der Baron – »kein Mensch in der Welt kann Ihnen darüber einen Vorwurf machen, und die Regierung wird Ihre Mäßigung lobend anerkennen. – Nachher kommen w i r wieder oben auf, und wenn S i e dann Ihren Vortheil benutzen, kann Sie ebenfalls kein Mensch deshalb tadeln.«

»Gut – so will ich Ihrem Rathe folgen,« sagte der Director endlich – es fehlte nur noch zwei Minuten an drei Viertel. –

176

»Nehmt zwei Mann, Unterofficier, geht augenblicklich in's Gefängniß und holt den dort sitzenden Deutschen her.«

»Aber die Leute draußen,« sagte der Soldat mit eben nicht sehr großer Zuversicht – »sie schreien und toben und sind Alle gut bewaffnet.«

»Ihr habt Nichts zu fürchten,« sagte der Director mit finsterem Blick – »geht direct auf den Schwarm zu und bittet den Herrn, der eben oben bei mir war, augenblicklich seine Zeugen zusammenzurufen und mit ihnen heraufzukommen. Nun, was steht Ihr noch da und sperrt das Maul auf? – R a s c h , die Zeit vergeht!«

»Zu Befehl, Herr Director,« sagte der Soldat, drehte sich auf dem Absatz herum und stieg hinunter, den Befehl auszuführen. Gerade als er mit den zwei Mann das Haus verließ, wies der Zeiger auf drei Viertel; aber Graf Rottack hatte die Boten schon bemerkt und erwartete sie. Es bedurfte jetzt aber auch seiner Autorität, die Colonisten abzuhalten, daß sie den Soldaten nicht ihren Auftrag abnahmen und den Gefangenen selber befreiten. Sie waren einmal warm geworden und hätten nun auch gern eine kleine Beschäftigung gehabt.

Rottack rief alle nöthigen Zeugen zusammen; Bux wurde vom Maulthier gehoben und der Obhut einiger Colonisten übergeben – man traute den Soldaten noch nicht, bis Köhler wirklich freigesprochen war. Justus' Wirthschafterin mußte dann ebenfalls herbei, und um das Directionshaus gruppirte sich jetzt die wilde, malerische Schaar, um den Erfolg, den sie Alle vorher wußten, abzuwarten.

Rottack hatte indessen strengen Befehl gegeben, daß Niemand die Soldaten belästige, die Köhler aus seinem Gefängniß brachten, Niemand sogar mit ihm sprechen solle, um jede Unregelmäßigkeit zu vermeiden. Das aber konnte er nicht verhindern, daß ein allgemeines Hurrah! ausbrach, als die Schaar zum ersten Mal wieder ihres Kameraden ansichtig wurde – und wie bleich und elend war er in der kurzen Zeit geworden, die man ihn hier festgehalten!

Wunderbar schnell ging aber Alles von Statten. Köhler behielt kaum Zeit, seinen Freunden zuzunicken und zu winken, so fand er sich schon im Directionsgebäude dem wirklichen Mörder gegenüber, und hier zeigte sich ein V e r h ö r nicht einmal nöthig. Es war weiter Nichts als die Abnahme eines Geständnisses von Bux' Seite, der, durch den Aufruhr um sich her vollkommen eingeschüchtert, bei der ersten Frage an ihn auf die Kniee fiel, Alles bis zu den kleinsten Einzelheiten gestand und nur um Gnade und Barmherzigkeit – nur um sein Leben flehte.

Jeremias mußte auch noch her – er stand schon vor der Thür – und die einzelnen Data bestätigen, was er mit klaren, einfachen Worten that. Dabei fragte ihn der Director, woher er das viele Geld habe, worauf Jeremias aber trocken erwiederte:

»Das geht Niemanden 'was an. – Wenn i c h einmal vor Gericht stehe, können Sie wieder danach fragen,« und damit schob er seine Hände in die Taschen und ging hinaus.

Bux wurde in das Gefängniß abgeführt, das Köhler bis dahin inne gehabt, und letzterer war frei. Nur als sich die Zeugen mit dem Freigesprochenen wandten, um das Haus zu verlassen, sagte der Director:

»D i e s e Sache ist jetzt beendet, Herr Graf, aber für Ihr Betragen, dem Gesetz gegenüber, werde ich Sie noch besonders verantwortlich machen.«

»Ich stehe Ihnen in j e d e r Hinsicht zu Diensten, Herr von Reitschen,« sagte der junge Mann, warf dem Herrn einen letzten Blick zu und verließ mit Köhler das Haus.

Und der Jubel, der jetzt da unten losbrach! Durch die Menge drängte sich eine Frau, ein Kind auf dem Arm.

»Hans! Hans!« schrie sie – »wo bist Du?«

»Hier! – Trine – Trine!« und die beiden Gatten lagen sich in den Armen und die Frau schluchzte, als ob ihr das Herz brechen müsse vor Freude und Seligkeit.

»Und der hat mich frei gemacht,« sagte da Hans, als sie sich nur ein klein Wenig gesammelt, und zeigte auf Rottack.

»Und dafür bekomme ich a u c h einen Kuß,« lachte dieser.

»Zehn – zehn!« rief die Frau unter Thränen jubelnd, flog an Rottack's Hals und küßte den jungen Mann herzhaft ab.

Der Baron von Reitschen stand oben am Fenster – Rottack sah ihn, nahm seinen Hut ab, grüßte hinauf und ging dann lachend die Straße hinunter.

11.
Abschiednehmen.

Das war ein Jubel in der Colonie, wie er seit langer Zeit nicht stattgefunden, und heute Abend dazu von keiner Polizeistunde die Rede, denn die Soldaten hüteten sich wohl, sich auf der Straße blicken zu lassen. Das Volk hatte die Waffen in der Hand und trug Rottack fast auf Händen, daß er ihnen endlich den Weg gezeigt, das lästig gewordene und unerträgliche Joch abzuwerfen. Aber keine Unordnung fiel vor, auch selber nicht die nächsten Tage. Jeder ging am andern Morgen seinen gewohnten Geschäften nach. Es war ordentlich, als ob sie sich das Wort gegeben hätten, dem Director zu beweisen, daß sie eben nicht durch Militär in Banden brauchten gehalten zu werden, um doch zu wissen, was Recht oder Unrecht sei.

Zwei Tage später traf Könnern mit Elisen ein, die er in der Familie des Bäckermeisters Spenker, den er früher kennen gelernt hatte, unterbrachte. Aber Elise sollte nicht mehr allein stehen auf der Welt. Das Hinderniß, welches zwischen ihrer Liebe stand – die Pflicht, für den Vater zu sorgen, war von ihr genommen, und die nächste Zeit dazu bestimmt, sie mit dem Geliebten zu verbinden. Selbst die Trauer durfte die Zeit nicht hinausschieben, denn sie stand allein und freundlos in der Welt und konnte ja nur als seine Gattin dem geliebten Manne folgen.

Etwas über eine Woche verging aber doch noch mit den Vorbereitungen, während sich in der Colonie nicht das Geringste veränderte. Der Director brütete Rache, und sein Grimm wuchs von Tag zu Tag, je deutlicher er sah, wie vollkommen machtlos er jetzt den Colonisten, trotz seiner Waffenmacht, entgegen stand. Die Colonisten selber aber

180

kümmerten sich gar nicht um ihn, gingen ihren Geschäften nach und ließen ihn ruhig mit dem Baron über seinen finsteren Vergeltungsplänen grübeln und berathen.

Da wurde, an demselben Morgen, an welchem die Trauung der jungen Leute festgesetzt worden, zuerst ein Dampfer vom Norden und dann ein anderer vom Süden signalisirt, und Herr von Reitschen jubelte. J e tz t wurde ihm Hülfe, jetzt konnte er die erlittene Schmach fast auf frischer That rächen, und augenblicklich setzte er sich in ein Boot und ruderte mit vier Soldaten den Strom hinab.

Den Colonisten flößte er aber trotzdem keine Besorgniß ein, denn ein anderer Geist war in sie gefahren. Außerdem hatte die Mehrzahl der angesessenen Bürger eine Beschwerdeschrift nach Rio aufgesetzt, die jetzt an die Regierung abgehen sollte. Sie durften doch erwarten, daß sie gegen die Willkür eines einzelnen Mannes geschützt wurden, und sich ihr R e c h t nicht selber zu holen brauchten; erstaunten aber doch, als ihr Herr Director schon gegen drei Uhr, und zwar allein, zurückkehrte, rasch in das Directionsgebäude ging und sich dort einschloß. Was war da vorgefallen?

In der That hörten sie bald darauf, daß er unterwegs einem andern Boote des nördlichen Dampfer begegnet sei, der Depeschen für ihn überbrachte. Diese hatte er sogleich erbrochen und war dann auf der Stelle umgekehrt.

Freilich sagte er Niemandem, welche unerwartete Nachricht er da unten bekommen, aber wie ein Lauffeuer zuckte das Gerücht durch die ganze Colonie: Sarno kehrt zurück und der »neue Director« ist abberufen. Niemand wollte es trotzdem im Anfang glauben, denn die Nachricht klang zu gut, als daß sie wahr sein konnte. Immer wieder aber kam neue Bestätigung. Ein Colonist, der von unten mit seiner Jölle eintraf, behauptete sogar: Sarno sei dicht hinter ihm in des Dampfers Boot.

Dem Baron war das Nämliche zu Ohren gekommen, und er lief bestürzt zu Herrn von Reitschen hinüber. Der Director war aber für Niemanden zu sprechen, und die Soldaten, die ihm ebenfalls keine Rede standen, packten stumm und schweigend ihre Tornister. Dem Baron war genau so zu Muthe, als ob er ebenfalls packen müsse.

Die Trauung war vorüber – ein recht wehmüthiger Act, da sich für die arme Braut so viele schmerzende Erinnerungen daran knüpften, und doch auch wieder, wie dankbar war sie Gott, daß er ihr gerade in der Stunde ihrer größten Noth den lieben Beschützer, und ihrem sterbenden Vater den letzten Trost gegeben hatte!

Rohrlands, die Tochter des Meisters Spenker und Rottack waren Trauungszeugen gewesen; Jeremias stolzirte ebenfalls mit einem riesigen Blumenbouquet vorn im Knopfloche einher, und eigentlich hatte das junge Paar schon am nächsten Morgen die Colonie auf einem Segelschiff verlassen wollen. Da sich jetzt aber weit bequemere Gelegenheit mit einem der Dampfer nach Santa Catharina oder Rio bot, sollte diese benutzt werden, und Rottack, der sie begleiten wollte, hatte es übernommen, die Passage unten für sie auszumachen.

Da begegnete ihnen, gerade als sie aus der Kirche kamen, ein Colonist und erzählte ihnen mit freudestrahlendem Gesicht, daß Sarno eben gelandet sei und Herr von Reitschen seinen unmittelbaren Abschied erhalten hätte.

Es war in der That so. Als Könnern mit seiner jungen Frau zum Fluß hinab eilte, um den Freund zu begrüßen, kam ihnen schon ein fröhlich wogender Menschenschwarm entgegen, und wenige Minuten später lagen sich die Freunde in den Armen.

»Sarno, mein lieber, guter Sarno, Sie zurück?«

»Ja, lieber Freund,« lächelte der Mann etwas verlegen. »Ich wollte eigentlich nicht, denn ich hatte das Dirigiren recht von Herzen satt bekommen, aber wie mir so von allen Seiten zugeredet wurde, ich mir zuletzt sagen mußte, daß ich mit gutem Willen doch hier vielleicht noch Gutes wirken könne, und der Minister auch in der That nicht gleich eine andere passende Persönlichkeit hatte, so – entschloß ich mich zuletzt, bis auf Widerruf wenigstens. Eigentlich ist aber hauptsächlich der Herr da an meiner Sinnesänderung schuld.«

Er deutete dabei mit dem Arm nach rechts hinüber, und als Könnern der Richtung mit dem Blick folgte, rief er erstaunt, fast erschreckt aus: »Günther! Sie wieder in der Colonie?«

»Großer Gott!« seufzte Elise und deckte das Antlitz mit den Händen.

Günther stand schweigend vor ihnen; er sah bleich und ernst und angegriffen aus, und sein Blick ruhte mitleidig auf der jungen Frau. Endlich trat er zu ihr, und ihr Haupt zwischen seine Hände nehmend, küßte er sie leise auf die Stirn und sagte freundlich:

»Gott segne Sie, liebes Kind, und gebe Ihnen an Ihres braven Gatten Seite den Frieden, den Sie so lange entbehren mußten.«

»Wo ist er?« rief Rottack, der noch zurückgeblieben war, hinter der Gruppe – »Günther – Mensch, wo kommst Du her?« und im nächsten Augenblick lag er in seinen Armen – aber rasch richtete er sich wieder empor. Ein einziger Blick auf den Freund hatte ihm verrathen, daß nicht Alles so mit ihm sei wie es solle – »was ist geschehen, Günther?« rief er, ihn auf Armes Länge von sich drückend – »Du siehst blaß und elend aus – warst Du krank?«

»Ja,« sagte Günther leise – »recht krank – aber es geht wieder besser und ich – will mich hier in der Colonie noch ein Wenig erholen, ehe ich die Heimreise antrete.«

Rottack sah ihn forschend an, aber Günther drückte ihm die Hand, die er noch gefaßt hielt, und sagte lächelnd:

»Aber jetzt, glaub' ich, ist es Zeit, daß wir zu Tisch gehen; Jeremias hat mir wenigstens schon gemeldet, daß Alles bereit bei Bohlos sei, und selbst die vermehrten Gäste keinen wesentlichen Unterschied machen würden. Darf ich die junge Frau zur Tafel führen, Könnern?«

»Mein lieber – lieber Günther!«

»Schon gut, ich werde meinem Amte Ehre machen – und nun vorwärts!«

Mit dem Vorwärts ging es aber nicht so rasch, denn der Ruf, daß Sarno wieder zurück sei und wieder bei ihnen bleiben würde, hatte die Colonisten in Masse aus den Häusern gejagt. Manche waren wohl früher nicht mit Allem einverstanden gewesen, was er gethan, denn eine solche Schaar d e u t s c h e r Colonisten gleichmäßig zufrieden zu stellen, wäre überhaupt ein Kunststück. Das neue Directorium hatte ihnen aber erst gezeigt, was sie eigentlich an Sarno verloren, der stets rechtlich und gerecht an ihnen gehandelt, und die Freude ihn wieder zu haben, war desto größer.

Man drängte um ihn her, Jeder wollte ihm die Hand schütteln und ihm sagen, wie sehr es ihn freue, daß er wieder da sei, und mit allen den Begrüßungen kam der Mann fast gar nicht zu Tisch. Endlich machte er sich aber doch los, und jetzt gingen die Colonisten daran, auch äußerlich ihre Freude auszudrücken.

Alle möglichen und unmöglichen Fahnen, besonders deutsche und brasilianische, wurden vorgesucht, und wo keine da waren, rasch ein Betttuch genommen und irgend ein rother, blauer oder grüner Streifen aufgesetzt. In kaum einer Stunde wehte die ganze kleine Colonistenstadt voller Flaggen, waren fast alle Fenster mit Blumen und Guirlanden geschmückt, alle Menschen in ihrem Sonntagsstaat – und Jeremias schien der Nerv dieser ganzen Bewegung.

Nach und nach kam denn auch die Ursache dieser Wirkung zu Tage, welche die Colonie fast ausschließlich Günther zu verdanken hatte. Von Santa Catharina aus hatte dieser schon an den Minister des Innern seinen Bericht über das Treiben der Frau Präsidentin gemacht, wie der Präsident fortwährend leidend sei und die Frau einen Schwarm von Gesindel anstelle, der nicht allein die Entrüstung jedes braven Mannes, Deutschen wie Brasilianers, errege, sondern auch den Bestand der Colonien zu gefährden drohe. Er hatte dabei nicht unterlassen, Sarno's Wirksamkeit in Santa Clara und die Art und Weise zu schildern, mit der jetzt auf das Willkürlichste über ihn verfügt werden sollte.

Das war vorausgegangen, und als er nun selber nach Rio kam und dem Minister eine Menge neuerer Daten geben konnte, während dieser indessen Zeit gehabt, seine eigenen Erkundigungen einzuziehen, war ein Beschluß zum Bessern bald gefaßt. Es stellte sich jetzt heraus, daß die Abberufung Sarno's in vollkommen ungerechtfertigter Weise geschehen sei. Außerdem hatte der Minister noch viel mehr über die Wirksamkeit der Frau Präsidentin erfahren, als Günther selber wußte. Der sehr leidende Zustand des sonst tüchtigen Präsidenten machte da eine Verbesserung des Geschehenen möglich. Der Präsident selber wurde pensionirt, Herr von Reitschen aber, der Director von Santa Clara, einfach seines Dienstes entlassen und die Maßregel noch durch eine Rüge,

185

seines willkürlichen Verfahrens wegen, verschärft. Eben so rief diese Ordre auch die Soldaten wieder aus der Colonie, in der sie der Regierung nicht nöthig schienen, und der Dampfer, der diese Nachricht und zugleich Sarno und Günther wieder mit nach Santa Clara brachte, hatte Befehl, den Director von Reitschen mit dem Militär nach Santa Catharina zu führen, von wo es dem Ersteren frei stand, einen andern ihm passenden Weg zu nehmen. Der andere Dampfer brachte die Post von Rio Grande, und ging von hier nach Rio de Janeiro hinauf.

Herrn von Reitschen lag jetzt die höchst unangenehme Pflicht ob, dem Manne, den er vorher verdrängt hatte, seine Papiere wieder zu übergeben und überhaupt die ganze Macht in seine Hände zu legen. Er entzog sich dem aber. Er hatte vollkommen genug gehabt an den Ovationen, die man seinem Nachfolger unter seinen Augen brachte; er mußte sogar noch die ganze Nacht die Ständchen, Jubelrufe und Hurrahs hören, die nie versäumten in der Nähe des Directionsgebäudes mit frischer Kraft auszubrechen. Das war ihm doch ein wenig zu stark. Ohne selbst von seinem alten Freund, dem Baron, Abschied zu nehmen, der durch diese Vernachlässigung der Form nur noch mehr niedergedrückt wurde – übergab er das ganze Directionswesen seinem Schreiber, der ihm nach erfolgter Übergabe folgen konnte, und schiffte sich, etwa eine Stunde vor Tag, auf dem schon zu dem Zweck heraufbeorderten Boote des Dampfers ein. Die Soldaten mußten ihn ebenfalls begleiten, denn trotz der frühen Stunde fürchtete er immer noch eine feindliche Demonstration von Seiten der Colonisten. Man achtete aber gar nicht auf ihn; Herr von Reitschen verschwand spurlos aus der Colonie, und als die Sonne aufging, war der Platz geräumt.

Auf diesen Tag war auch die Abreise der von hier nach dem Norden gehenden Passagiere festgesetzt, denn der

Dampfer wollte den Nachmittag die Mündung verlassen. Es waren Könnern mit seiner jungen Frau und Graf Rottack, der sich entschlossen hatte nach Rio, ja, vielleicht mit Könnerns nach Deutschland zurückzukehren.

Eigentlich hatten die Passagiere schon zu Mittag an Bord gehen wollen, es war aber noch Etwas an der Maschine zu repariren und der Dampfer der unterwegs schlechtes Wetter gehabt, gründlich zu reinigen. Die Abreise verzögerte sich deshalb um einige Stunden.

Die kleine Gesellschaft saß noch in Bohlos' Hotel, während das Gepäck schon unter Jeremias' Obhut an die Landung geschafft war.

Rottack stand in der Thür, hatte eben zugesehen wie Bux vorbeigeführt wurde, um nach Santa Catharina transportirt zu werden, und sprach mit dem Bruder von Köhler's Frau, der eben von der Chagra herunterkam und nicht genug erzählen konnte, wie glücklich die jungen Leute seien, als Günther an ihm vorbeikam, seinen Arm ergriff und ihn langsam mit sich die Straße hinunter führte.

»Aber sage mir nur, was hast Du, Günther?« fragte der junge Mann, indem er den Arm, den er in dem seinen hielt, herzlich drückte. »Eine traurige Veränderung ist mit Dir vorgegangen, seit wir uns nicht gesehen; Du siehst bleich und elend aus und – das Schlimmste – es hat sich ein Ausdruck von recht tiefem Schmerz in Dein sonst so freundliches Antlitz eingenistet. Weshalb bist Du nicht nach Deutschland – nach Thüringen zurück? Du warst so glücklich in dem Gedanken an die Heimath!«

Sie waren an Rohrland's Haus vorbeigegangen und betraten hier ein Terrain, auf dem Büsche und junge Palmen lustig aufgewuchert waren; nur die frei gehaltene Straße zog sich hindurch.

»Felix,« sagte Günther leise, ohne den Freund anzusehen, »erinnerst Du Dich jenes Morgens, als ich Dich am Strand bei jener Chagra traf?«

»Als ob es gestern gewesen wäre.«

»Erinnerst Du Dich, als wir nachher zusammen in die Berge ritten, daß ich Dir erzählte, wie ich im Nebel und zwischen den brandenden Wogen an demselben Morgen zwei Schwäne gesehen, die so geisterhaft vor mir hergestrichen und zuletzt weit – weit hinaus in das düstere Meer verschwunden seien, und wie mir dann so weh, so unsagbar weh geworden – wie mir ein Gefühl das Herz gedrückt, dem ich nicht Namen geben konnte – so einsam – so öde schien mir in dem Augenblick die Welt?«

»Ich erinnere mich,« sagte Felix leise.

»Felix,« fuhr Günther fort, indem er stehen blieb und dem Freund in's Auge sah – »in jener Nacht starb meine Anna – an jenem Morgen lag sie kalt und bleich auf ihrem Lager dort – dort, wohin die Schwäne in den Nebel zogen!« – Und was der starke Mann bis dahin standhaft ertragen, das brach jetzt aus in ungezügeltem Schmerz, als er das Haupt an die Brust des Freundes lehnte.

Rottack hielt ihn schweigend umfaßt; er sprach kein Wort – kein Wort des Trostes, denn er wußte selber recht gut, daß gerade in den fließenden Thränen der einzig mögliche Trost liegen konnte für solchen Schmerz.

»Armer Freund!« flüsterte er endlich leise, und Günther richtete sich in seinen Armen empor.

»So – jetzt ist mir wohl,« sagte er, indem ein schwerer Seufzer seine Brust hob – »jetzt ist mir leicht, denn fortwährend von Fremden umgeben, fortwährend gezwungen, den Schmerz in die eigene Brust

188

zurückzubannen, das thut doppelt weh!«

»Armer, armer Freund! – Und wo erhieltest Du die Nachricht?«

»Vor wenigen Tagen in Rio – der Dampfer, der mich in die Heimath führen sollte, brachte den Brief von dort. Mein Entschluß war bald gefaßt – jetzt k a n n ich nicht zurück, und ich begleitete Sarno, um hier noch manche Arbeit zu beenden, die ich – gehofft hatte von Anderen beendet zu sehen. – Aber nun leb' wohl, Freund – wie ich höre, willst Du Könnern begleiten – ich bin nicht im Stande, zu den glücklichen Menschen zurückzukehren! Könnern und Elise dürfen auch nie erfahren, was ich Dir eben vertraut – es würde ihr Glück trüben. Bringe ihnen noch meinen Gruß und – leb' wohl!«

»Du willst fort?«

»Hier steht mein Pferd – Gott mit Dir, mein lieber Freund, und mögest auch Du die Ruhe finden, nach der Du Dich so oft gesehnt!«

Die beiden Männer hielten sich lange in schweigender Umarmung; dann riß sich Günther los, bestieg sein Pferd, winkte noch einmal mit der Hand zurück und war im nächsten Augenblick im Walde verschwunden.

Graf Rottack ging ernst und schweigend in die Stadt zurück. Es war ihm recht weich um's Herz geworden nach dem Abschied von dem Freunde, und allerlei alte, trübe Gedanken zuckten ihm durch's Hirn. – Als er wieder an Rohrland's Haus vorüberging, stand eine junge Dame an dem einen Fenster, die sich scheu zurückzog, als sie ihn bemerkte. – Es war Helene. – Fast unwillkürlich grüßte der junge Mann im Weitergehen und blieb dann stehn.

»Ich bin eigentlich recht unfreundlich gewesen, daß ich

nicht einmal von ihr Abschied genommen habe,« murmelte er leise vor sich hin. – Er sah nach seiner Uhr – es blieb ihm noch eine halbe Stunde Zeit. – »Was kümmert's denn mich, wenn sie – ei, ich will aus Brasilien von keinem Menschen im Bösen scheiden – am Wenigsten von ihr!« und rasch entschlossen schritt er in das Haus hinein.

Ein kleiner Bursche dort zeigte ihm die Thür des Zimmers, in dem das »Fräulein« wohnte. Er klopfte an, und ein kaum hörbares Herein! antwortete ihm – Helene stand mitten im Zimmer, ihn zu erwarten. Sie war ganz einfach gekleidet, nur mit einem schwarzen Band im Haar als Schmuck und sah ungewöhnlich bleich aus.

»Comtesse,« sagte er, »ich bin im Begriff, dieses Land für immer zu verlassen, und – wollte das nicht thun, ohne Ihnen vorher Lebewohl zu sagen.«

»Das ist recht freundlich von Ihnen,« hauchte Helene, und Rottack konnte es nicht entgehen, daß sie sich befangen, ja ängstlich beklommen fühlte, so viel Mühe sie sich gab das zu verbergen. Das aber machte ihn selber verlegen, und wie er das fühlte, suchte er auch den kaum begonnenen Abschied noch zu kürzen.

»Vielleicht habe ich dann in Deutschland einmal wieder das Glück, Ihnen zu begegnen, Comtesse, denn ich glaube kaum, daß ich je nach Brasilien zurückkehren werde.«

»Herr Graf,« sagte Helene leise, und sie mußte sich Mühe geben deutlich zu sprechen, »da wir uns wahrscheinlich nie wiedersehen, möchte ich nicht, daß wir auf d i e s e Weise von einander scheiden. - Ich habe einen Verdacht, Sie w i s s e n, daß mir der Titel Comtesse nicht gebührt. - Wenn dem nicht so wäre, nehmen Sie hier meine Erklärung ....«

»Mein gnädiges Fräulein,« sagte Rottack überrascht - »ich - wußte nicht, daß er Ihnen unangenehm war, da Sie - ihn so lange schon geführt ....«

»Und glauben auch Sie, daß ich die Hand zu einer Täuschung geboten hätte, wenn ich selber darum gewußt?« sagte Helene bitter. »Ich hatte gehofft, S i e wenigstens würden besser von mir denken; aber - lassen Sie es gut sein,« unterbrach sie sich selbst - »ich habe so wenig Freunde auf der Welt, daß ich dem letzten vielleicht, der hier von mir geht, kein hartes Wort zum Abschied sagen möchte. Leben Sie wohl, Herr Graf, und - möge Ihnen die Erinnerung an Brasilien nicht nur lauter traurige Bilder bieten!«

Sie reichte ihm dabei mit einem leichten, wehmüthigen Lächeln unbefangen ihre Hand. Felix nahm dieselbe, aber er ließ sie nicht gleich wieder los und sagte, viel herzlicher, als er bisher zu ihr gesprochen:

»Gnädiges Fräulein, es ist Etwas in Ihrem Leben vorgegangen, das seinen Schatten über Ihre Seele wirft. Sie sind nicht glücklich, und der Blick, den Sie mich eben in Ihre Vergangenheit thun ließen, verräth mir mehr als Sie vielleicht glauben. - Sehen Sie mir in's Auge - halten Sie mich Ihres Vertrauens werth, so nehmen Sie die Versicherung, daß ich es wirklich treu und ehrlich mit Ihnen meine. Ich verlasse allerdings in einer halben Stunde schon dieses Land, aber ich kann Ihnen vielleicht selbst noch von Deutschland aus nützen. Sie entdecken mir auch kein Geheimniß,« fuhr er fort, als Helene zitternd und schweigend vor ihm stand – »ich kannte Ihre Mutter in meinem elterlichen Hause – ich wußte ....«

»Es i s t nicht meine Mutter!« stöhnte Helene, und ihre Hand aus der seinen ziehend, deckte sie ihr Antlitz damit.

Graf Rottack stand sprachlos vor Staunen vor ihr.

»Es i s t nicht Ihre Mutter?« wiederholte er endlich, und die Worte rangen sich ihm nur mühsam aus der Brust.

»Nein,« hauchte Helene – »aber lassen Sie mich jetzt. Ich habe Ihnen schon mehr gesagt, als ich eigentlich sollte; aber es war – es war mir nur ein – peinlicher Gedanke, Sie von hier scheiden zu sehen und zu fühlen, daß Sie – mich verachteten. Leben Sie wohl, Herr Graf, und wenn Sie einen Funken von Mitleid für mich haben, so – verlassen Sie mich jetzt!«

»Nein, Helene, nicht so,« rief Felix, dem ein Sturm von Gedanken und Gefühlen das Hirn durchzuckte – »nicht so dürfen wir scheiden! Hier liegt mehr versteckt, als Sie mir sagen wollen – o, wenn Sie Vertrauen zu mir hätten – wenn Sie mein Herz sehen und dann wissen könnten, wie gern ich Ihnen wirklich dienen möchte.«

»Herr Graf,« bat Helene scheu.

»Sie klagen, daß Sie keinen Freund in dem weiten Lande haben,« fuhr Rottack leidenschaftlich fort – »daß es Ihnen peinlich sei, m i c h scheiden zu sehen mit einer falschen Meinung von Ihnen, und doch halten Sie Ihr Vertrauen zurück – geben mir nur Andeutungen, die mich noch verwirrter machen müssen, und stoßen die Freundeshand selber zurück, die sich Ihnen entgegenstreckt.«

192

»Herr Graf, ich weiß nicht,« wehrte Helene ab, denn ein eigenes beklemmendes Gefühl überkam sie, unter dem sie kaum athmen konnte.

Felix mochte ahnen, was in dem Herzen des Mädchens vorging. Er sah ihr treuherzig in's Auge, und dann ihr noch einmal die Hand reichend, sagte er herzlich:

»Glauben Sie in diesem Augenblick, ich sei Ihr Bruder, Helene. Schütteln Sie die Fesseln der Etiquette ab, die uns nur zu oft hindern, den Weg einzuschlagen, den wir sonst für den rechten und guten halten. – Machen Sie mich zu Ihrem Freund, und beim ewigen Gott, Sie haben Niemanden auf der weiten Welt, der es treuer und aufrichtiger mit Ihnen meint!«

Helene rang mit sich – zu plötzlich, zu überraschend war ihr das Alles gekommen, um ihre Gedanken ruhig sammeln, um ü b e r l e g e n zu können. Noch nie aber hatte sie so das Gefühl ihrer Einsamkeit übermannt, wie in diesem Augenblick – noch nie hatte ein Wesen auf der weiten Welt so herzlich, so einfach zu ihr gesprochen, und als ihr scheuer Blick sich zu dem jungen Manne hob und in dessen Auge Alles, Alles bestätigt fand, was er ihr geboten, da faßte sie sich gewaltsam zu einem Entschluß, und mit leiser, aber fester Stimme sagte sie:

»Ich glaube Ihnen, Graf Rottack – ich w i l l Ihnen glauben – ich würde Ihnen auch in diesem Augenblick vertrauen – wie einem Bruder« – setzte sie kaum hörbar hinzu – »aber für mich selber ist meine ganze Vergangenheit in ein geheimnißvolles Dunkel gehüllt, und die allein Licht darüber geben könnte – bindet ein Schwur.«

»Ein Schwur?« sagte Rottack erstaunt – »aber woher dann – ich begreife nicht, wie Sie da überhaupt ....«

Helene stand noch immer zögernd vor ihm – aber wußte

er nicht schon ihr Geheimniß, und sah er sie nicht mit den großen, treuen Augen, die jeden Spott, jeden Hohn verbannt hatten, so ehrlich an?

»Ich will Ihnen Alles sagen, was ich weiß, Graf Rottack,« rang es sich ihr endlich aus der Brust – »hier, dieser Brief kam durch eine Verwechslung der Couverts in meine Hände« – halb abgewandt reichte sie ihm denselben.

»Darf ich ihn lesen?«

»Lesen Sie ihn,« flüsterte Helene und barg wieder ihr Antlitz in den Händen.

Rottack hatte den Brief hastig geöffnet und mit den Blicken verschlungen. »Und der Name Ihrer Mutter?« fragte er.

»Sie weigert sich, ihn zu nennen – ein Schwur bindet ihre Lippen.«

»Ein Schwur?« rief Rottack, den Kopf verächtlich zurückwerfend; »den Schwur kenne ich – er heißt Selbstinteresse – aber ich begreife noch immer nicht – Doch das ist hier nicht der Ort, zu erfragen,« unterbrach er sich rasch, als er den Brief zusammenfaltete und wieder auf den Tisch legte. »Und nun, mein liebes, liebes Fräulein,« setzte er hinzu, während er auf's Neue ihre Hand ergriff und es wie ein lichter Sonnenstrahl über sein Antlitz zuckte – »nehmen Sie tausend, tausend Dank für das Vertrauen, das Sie mir geschenkt – wenn ich es Ihnen auch nur durch Überraschung abgepreßt. – Aber jetzt fort – Du mein Himmel, mir schwindelt der Kopf ordentlich von all' den Gedanken, die mir jetzt das Hirn durchkreuzen – und doch war ich nie so glücklich, nie so lebensfroh, wie gerade in diesem Augenblick!«

»Sie wollen fort?« rief Helene erschreckt, denn sie konnte

sich Rottack's Betragen nicht erklären.

»Gewiß,« lachte dieser – »unten warten sie ja mit dem Boot auf mich – aber sie müssen noch länger warten, denn ich habe vorher einen wichtigen Besuch zu machen – und dann komme ich wieder her – in einer halben Stunde bin ich wieder hier« – Und ohne Abschied sprang er in jubelndem Übermuth aus dem Zimmer und die Straße hinab.

12.
Schluß.

Könnern war mit Elise, von Sarno begleitet, schon nach den Booten gegangen, um dort den noch fehlenden Rottack zu erwarten, als dieser mit flüchtigen Sätzen angesprungen kam.

»Wir fahren nicht ohne Sie ab!« lachte Könnern, der Eile des Freundes eine andere Ursache gebend. »Der Capitän des Dampfers ist noch oben im Hotel, um einige Vorräthe an Bord schaffen zu lassen!«

»Ich kann auch noch nicht fort!« rief Felix – »Sie müssen noch einen Augenblick auf mich warten, denn ich habe etwas Nothwendiges vergessen!«

»Vergessen – was?«

»Meinen Abschiedsbesuch bei der Frau Gräfin!«

»Plagt Sie der Böse?« lachte Könnern. »Seit wann sind Sie denn so förmlich geworden?«

»Ich bin gleich wieder da!« rief der junge Mann in wilder Ausgelassenheit, und wie er gekommen, flog er die Straße zurück und direct dem Hause der Gräfin zu.

Unten scheuerte die Dorothea Holzgeschirr.

»Ist die Frau Gräfin oben?«

»Ja, in ihrem Zimmer.«

»Melden Sie mich – rasch, denn ich habe große Eile!«

»Ja, i c h kann jetzt nicht hinaufgehen.«

»Dann meld' ich mich selber!« – und in wenigen Sätzen war er oben. An ein paar falsche Thüren pochte er dort zuerst an, dann rief eine bekannte Stimme: »Herein!« und Graf Rottack stand im nächsten Augenblicke der Madame Baulen gegenüber, die erschreckt von ihrem Sopha empor fuhr.

»Herr Graf!«

»Frau G r ä fi n ,« sagte der junge Mann, sich mit Anstand verbeugend – »entschuldigen Sie einen Besuch, der nur in seiner Kürze seine Berechtigung findet. Ich komme mit einer einfachen Frage, um deren Beantwortung ich Sie ersuche.«

»Herr Graf, ich werde mich glücklich schätzen,« sagte die Frau verlegen, denn sie wußte nicht, was sie aus dem Benehmen desselben machen sollte.

»Gut – dann bitte, setzen Sie sich dahin,« sagte Felix eben so förmlich, »und schreiben Sie mir einen Namen auf.«

»Welchen Namen, Herr Graf?«

»Den Namen von Helenens Mutter.«

»Herr Graf!« rief die Frau und fühlte, wie ihr die Kniee zitterten.

»Ich weiß,« fuhr Rottack fort, ohne ihre Bewegung zu beachten, »daß Sie einen Schwur vorgeschützt haben, was einem armen, unerfahrenen Mädchen gegenüber ging – w i r stehen anders zusammen. Entweder schreiben Sie mir die volle Adresse j e tz t in diesem Augenblick auf, oder ich gehe direct hinüber zum Baron, wie zum Bäckermeister Spenker und – unterhalte mich mit ihnen über vergangene Zeiten. Sie wissen, daß ich nicht scherze. N o c h ruht Ihr Geheimniß in sicheren Händen und wird da ruhen, falls Sie meinen Wunsch erfüllen – wo nicht – schreiben Sie sich selber die Folgen zu. Außerdem muß ich Ihnen nur noch bemerken, daß Ihnen eine Geheimhaltung auch nicht das Geringste nutzt. Eine einfache Aufforderung in den Zeitungen drüben, mit Angabe der Verhältnisse, o h n e einen Namen zu nennen, würde Helenen die Adresse sichern. Doch das ist Nebensache. W i r haben es hier mit dem speciell zu thun, was S i e betrifft, und Ihren eigenen Vortheil werden Sie da auch am Besten kennen.«

»Aber, Herr Graf, ich bitte Sie um Gottes willen – wenn ich mir selber alle Hülfsmittel abschneide, wovon – o, wovon soll i c h denn da leben? Alles verläßt mich – Alles verläßt mich – auch der undankbare Mensch, der Pulteleben, hat mich im Stich gelassen!«

Der junge Graf warf ihr einen verächtlichen Blick zu und sagte:

»Es war allerdings sehr rücksichtslos von Herrn von Pulteleben, da ihm die F r a u abhanden gekommen, nicht doch wenigstens die vermuthete Schwiegermutter zu behalten – doch zur Sache. Wollen Sie meinen Wunsch erfüllen oder nicht? ich m u ß Antwort haben.«

»Lassen Sie mir Zeit zur Überlegung.«

»Nein – hier ist Papier und Dinte – in fünf Minuten bleibt Ihnen keine Wahl mehr.«

»Und S i e versprechen mir zu schweigen?«

»Sie haben mein Wort. Überdies verlasse ich in einer Viertelstunde die Colonie.«

Die Frau seufzte tief auf, ging zu dem Tisch, schrieb ein paar Worte und reichte den Zettel dem jungen Mann hinüber.

»Bitte,« sagte dieser abwehrend, »schließen Sie das Blatt in ein Couvert – das Geheimniß ist nicht für mich.«

Die Frau that auch dieses; sie war vollständig gebrochen, und zwar mehr durch die Angst, ihren angemaßten Titel in der Colonie zu verlieren und ihren künstlich aufgebauten Rang zusammenstürzen zu sehen – und der Baron m u ß t e schon einen Verdacht gefaßt haben – als durch die Sorge um die Zukunft, die sie noch nie gekümmert hatte. S i e lebte nur in dem Augenblicke, dem sie abrang was sie konnte; was kümmerte sie der nächste Tag?

»Nun bitte ich Sie noch um Eins, Frau Gräfin,« sagte Felix, als er mit einer dankenden Verbeugung das Papier in die Tasche schob und sie scharf dabei ansah – »wie war es m ö g l i c h , daß Helene bis vor wenig Tagen keine Ahnung davon haben konnte, S i e seien nicht ihre wirkliche Mutter? Ich begreife das nicht.«

»Helene,« sagte die Frau, »war als Kind zuerst zu einer Wärterin, dann in Pension gegeben, und zwar unter einem andern Namen, denn ihre Geburt mußte geheim gehalten werden. Erst als ich ihrer Mutter meinen Entschluß erklärte, nach Brasilien auszuwandern ....«

»Vollkommen ohne Nebenabsichten?«

»Vollkommen,« sagte Madame Baulen mit Würde – »da entschloß sie sich zu dem Schritt – den wir vorher reiflich überlegt hatten: sie mir nämlich mitzugeben, und ich – holte sie damals, a l s ihre Mutter, aus der Pension ab.«

»Und ihre wirkliche Mutter hat sie nie gesehen? Ist es möglich, daß sich eine Mutter so ganz von ihrem Kinde lossagen kann?«

»Lieber Gott,« sagte Madame Baulen achselzuckend, »die Gesellschaft legt uns Pflichten auf, und – in diesem Fall – sie konnte doch nicht ihren R u f , ihren Mann compromittiren;

ihr ganzes häusliches Glück wäre ja vernichtet worden.«

»Als ob daran noch Etwas zu vernichten gewesen wäre!« sagte Rottack bitter – »doch wie dem auch sei, Frau Gräfin, Sie haben m i r einen Dienst geleistet, erlauben Sie, daß ich mich dafür revanchire – wir tauschen nämlich Papier um Papier. D i e s e s ist Helenen's Geheimniß – d a s hier,« fuhr er fort, indem er eine Banknote von 500 Milreis vor der Frau auf den Tisch legte – »ist das I h r i g e – wir sind quitt, nicht wahr?«

»Aber Herr Graf!« rief Madame Baulen überrascht aus.

»Bitte, kein Wort! Leben Sie wohl!« und ehe Sie ihm nur eine Silbe darauf erwiedern konnte, hatte er die Thür hinter sich in's Schloß gedrückt und das Haus verlassen.

Aber er lief nicht mehr in tollem Muthwillen wie vorher, sondern ernst und nachdenkend schritt er zu Rohrlands hinüber, betrat das Haus wieder und stand gleich darauf in Helenens Zimmer.

Helene war indessen, von sich drängenden Gedanken bestürmt, in ihrem Zimmer auf und ab gegangen. Hatte sie Recht gethan, sich dem Fremden zu entdecken, und gerade i h m , der sie die letzte Zeit so kalt, fast höhnisch behandelt? Hatte sie Recht gethan, nicht allein ihr, nein, auch das Geheimniß ihrer eigenen Mutter Preis zu geben? Und was k o n n t e sie thun? Stand sie nicht allein, rathlos, hülflos in der Welt? Sehnte sie sich nicht nach e i n e m Herzen, dem sie vertrauend nahen – zu dem sie um Trost – um Hülfe aufblicken konnte? Und was that e r jetzt? Wohin hatte er sich gewandt? Würde sie ihn je wiedersehen, und spottete er nicht vielleicht jetzt des Vertrauens, das er von ihrer Seele losgerungen?

In der Thür stand Graf Rottack, ehe sie selber seinen Schritt gehört, und das Couvert, dessen Inhalt sie noch nicht begriff, hielt er ihr entgegen. Aber er selber sah verändert aus. Der kalte Stolz und Muthwille, der sie stets zurückgeschreckt, war aus seinen Zügen gewichen, und mit leiser Stimme sagte er:

»Hier, Helene, ist das Papier, welches den Namen Ihrer Mutter enthält – fürchten Sie nicht, daß i c h Ihr Geheimniß belauscht hätte – ich kenne den Inhalt nicht.«

»Wie soll ich Ihnen danken?« flüsterte das Mädchen, beängstigt von dem ganzen Wesen des Mannes, indem sie mit zitternder Hand das Blatt nahm.

»Sie können es vielleicht,« sagte Rottack ruhig – »erinnern Sie sich noch des Tages, Helene, als ich Ihnen mit – jener Frau in der Stadt begegnete? Es war das erste Mal, daß ich Ihre – vermeintliche Mutter sah.«

»Ja,« flüsterte Helene, und die Erinnerung an jene Stunde traf sie eisig in's Herz – »es konnte mir nicht entgehen. Sie starrten überrascht auf – jene Frau.«

»Bis dahin, Helene,« fuhr Rottack leise fort, während sich aber seine Stimme mehr und mehr steigerte – »hatte ich nur S i e gesehen und hatte Sie geliebt mit einer Leidenschaft, die Sie selber erschreckt haben würde, wenn Sie sie hätten ahnen können.«

»Graf Rottack!«

»Lange schon hätte ich auch die leichten Schranken durchbrochen, die mich von Ihnen trennten, wenn mich nicht eben jener süße Zauber in Fesseln gehalten, der gerade in dem Geheimnisvollen dieser Liebe lag. Da – da sah ich Ihre Mutter – Ihre Mutter, wie ich damals glauben mußte – deren ganze Vergangenheit vor mir lag und – ich k o n n t e nicht anders glauben, als daß S i e den Betrug theilten – daß Sie M i t w i s s e r i n, Mithandelnde der Täuschung wären.«

»Helene, was ich damals ausgestanden, nur Gott weiß es und der stille Wald, und heiße, heiße Thränen habe ich da geweint. – Rang und Stand – Sie trauen mir zu, daß mich das keinen Gedanken gekostet hätte; ich stehe frei und unabhängig in der Welt, und lache der Vorurtheile jener Gliederpuppen, die sich die Gesellschaft nennen – aber der Betrug fraß mir in's Herz hinein – der Betrug wandelte mir das Blut zu Gift und – machte mich unglücklich und elend. Alles kam dann dazu, um die Täuschung zu vollenden, selbst das Netz, das – jene Frau nach dem unglücklichen Pulteleben auswarf, und das – wie es meiner verblendeten Eifersucht schien, Sie selber mit in Händen hielten! Helene,« – rief er leidenschaftlicher, indem er vor ihr auf ein Knie sank – »ich habe Ihnen schweres, schweres Unrecht gethan! Können Sie mir verzeihen?«

»Herr Graf,« rief Helene erschreckt, »stehen Sie auf!«

»Nicht eher, bis ich geendet habe,« beharrte aber Rottack – »Helene, ich h a b e Sie geliebt, ich habe nie aufgehört Sie zu lieben, und wie ich Ihnen kalt und spöttisch gegenüber stand, hätte mir das Herz dabei zerspringen mögen in der Brust. Können Sie mir verzeihen? Können Sie vergessen, welches Leid ich Ihnen zugefügt – glüht auch in I h r e m Herzen noch ein Funken der alten Liebe für m i c h ? Läugnen Sie es nicht, Helene – jene süßen Töne, die Abends meiner armen Geige antworteten, waren nicht bloßer Übermuth eines schönen, angebeteten Mädchens; jene Töne kamen eben so aus dem Herzen, wie sie zum Herzen drangen. – Oh, können Sie nur einen Schatten jener Gefühle zurückrufen, so werden Sie mein Weib, Helene!« rief er aus, indem er aufsprang und die Erschreckte umschlang – »fliehen Sie mit mir dieses Land, das Ihnen noch nie Freude oder Frieden geboten. Unten liegt das Boot, in dem Könnern und seine junge Frau uns erwarten – in deren Begleitung machen Sie die Reise nach Rio, und dort vereinigt uns des

Priesters Hand.«

»Herr Graf!« rief Helene in Angst und freudigem
Erschrecken.

»Sagen Sie nur, daß Sie mir verziehen haben – daß Sie mir
glauben, wenn ich Ihnen betheure, ich bin von Herzen
wirklich gut und brav – daß Sie hoffen, mich einst lieben,
sich einst mit mir glücklich fühlen zu können. Helene!«

Und Helene antwortete nicht, aber leise lehnte sie ihr
müdes Haupt an seine Brust, und aufjubelnd preßte sie Felix
an sich und küßte wieder und wieder das goldene Haar, das
an seinen Wangen ruhte. In dem Moment schien aber auch
wieder der ganze alte Übermuth ihn zu erfassen. Er weinte
und lachte, aber unter seinen Thränen riß er sich von
Helenen los, zerrte einen großen Koffer vor, der in der Ecke
des Zimmers stand, und fing an hinein zu werfen, was ihm
unter die Hände kam.

»Um Gottes willen!« rief Helene, jetzt ebenfalls in ihren
Thränen lachend aus – »was machen Sie, was soll das
werden?«

»Abreise – Abreise, mein Schatz!« rief Felix, ohne sich in
seiner Beschäftigung stören zu lassen – »wir sind ja in der
größten Eile – unten an der Landung warten sie schon mit
Schmerzen auf uns.«

»Abreisen?« rief Helene erschreckt – »aber doch nicht
jetzt? – nicht heute?«

»In einer Viertelstunde.«

»Das ist ja unmöglich!«

»Unmöglich ist gar Nichts, Mädchen – Du bist mein, i c h
bin der glücklichste Mensch unter der Sonne, und das
Andere ist alles Kleinigkeit und Nebensache.«

203

»Aber wie kann das sein – Rohrlands ...«

»Brauchen gar nicht zu wissen, daß das nicht eine schon seit Monaten zwischen uns abgemachte Sache gewesen. Ist die Familie drüben? Ja? Ich bin gleich wieder da!«

Wie der Blitz fuhr er zur Thür hinaus und kam nicht zwei Minuten später mit den erstaunten Eheleuten in's Zimmer, wo Helene noch immer rathlos, keines Gedankens fähig, stand.

»Liebe Frau Rohrland – lieber Herr Rohrland – ich habe hier das Vergnügen, Ihnen die künftige Gräfin Rottack vorzustellen. – Liebe Helene, thu' mir den einzigen Gefallen und ziehe ein freundliches Gesicht, die Herrschaften glauben sonst, es wäre eine gezwungene Heirath.«

»Aber liebe, beste Helene!« rief die junge Frau und flog dem Mädchen in die Arme.

»Wissen Sie, das können Sie Alles nachher beim Packen abmachen,« sagte Felix – »das Boot wartet unten auf uns, aber die Ebbe nicht, und wir dürfen Könnerns nicht allein fahren lassen. Nicht wahr, Sie helfen Helenen packen und begleiten sie dann hinunter, liebe, liebe Frau Rohrland?«

»Ja, von Herzen gern, aber ...«

»Gar kein Aber – ich schicke Jeremias im Sturmschritt mit dem Karren herauf, bis dahin sind Sie fertig. Nicht wahr, Sie kommen dann mit ihr an die Landung?«

»Ja, von Herzen gern – aber diese Hast ...«

»Erspart eine Masse von Weitläufigkeiten – lieber Rohrland, auf ein Wort,« und er faßte den ganz verblüfften Mann unter den Arm und führte ihn vor die Thür hinaus.

»In wie weit ist meine Braut noch hier in Ihrer Schuld?«

»In m e i n e r Schuld? In gar Nichts. Im Gegentheil, ich habe noch Geld von i h r in Händen, für den Verkauf ihrer Sachen.«

»Desto besser; das zahlen Sie dann jener armen Frau des Mörders aus, den wir eingebracht haben; die braucht es nothwendig.«

»Aber ich begreife gar nicht.«

»Ich erzähle Ihnen Alles an Bord.«

»Ja, ich gehe ja gar nicht mit.«

»Das schadet Nichts,« rief Felix, indem er Rohrland umarmte und dann bei Seite schob – »also in zehn Minuten ist Jeremias mit dem Karren oben!« rief er nochmals zur Thür hinein, sprang dann hinaus, sah dort ein angebundenes Pferd stehen, setzte sich auf und sprengte im Carriere an die Landung hinunter.

»Nun sagen Sie nur um Gottes willen, wo Sie bleiben, Rottack?« rief ihm Könnern entgegen – »wir warten und warten hier.«

»Lieber Freund,« sagte Rottack – »ach Jeremias, nehmt doch Euern Karren und lauft was Ihr laufen könnt damit nach Rohrlands hinauf – es geht noch ein Passagier mit. – Lieber Freund, ich habe in der kurzen Zeit Etwas besorgt, wozu ein Anderer manchmal ein ganzes Lebensalter gebraucht, und dann n o c h nicht fertig wird. So recht, Jeremias, das ist ein Prachtbursche, und nicht mit Gold zu bezahlen.«

»Nehmen Sie sich Zeit,« sagte der Capitän des Dampfers, der mit an der Landung stand – »wir haben noch eine volle Stunde übrig und Nichts versäumt. Ich habe nur ein Wenig geeilt, weil ich schon weiß, daß Damen doch nicht immer gleich fertig werden.«

»Will Rohrland mit nach Rio? Er hat doch vorher kein Wort davon gesagt – und wo ist Günther?« fragte Könnern, als sie eine Weile an der Landung auf und ab gegangen waren.

»Fort – in den Wald,« sagte Rottack ernst – »ich habe Euch noch seine besten Grüße und Segenswünsche zu bringen.«

»Braver Günther,« sagte Könnern – »er hat Elisen die letzten Stunden nicht durch die Erinnerung an das Vergangene verbittern wollen. Apropos, Rottack, haben Sie Ihren Abschiedsbesuch bei der Frau Gräfin gemacht?«

»Allerdings.«

»Wahrhaftig?«

»Nun, gewiß – und sogar das Bild ihrer Tochter mitgebracht.«

»Ihrer Tochter?«

»Rohrlands bringen es mit, und ich werde Ihre Frau bitten, daß sie es mit in ihre Koje nimmt.«

»Ich verstehe Sie nicht.«

»Lieber, guter Könnern,« bat aber Rottack, der bis jetzt ungeduldig in die Stadt hinaufgesehen hatte – »ich kann Ihnen, bei Gott! jetzt keine nähere Erklärung geben, aber in zehn Minuten sollen Sie Alles wissen. Jetzt muß ich nur noch einmal in die Stadt – daß mir um Gottes willen Rohrlands das Bild nicht vergessen« – und von Könnern fort, der ihm kopfschüttelnd nachsah, sprang er wieder auf das Pferd und jagte damit den Weg zurück, den er gekommen.

Könnern zerbrach sich den Kopf, was der wunderliche Mensch nur heute haben könne, denn s o hatte er ihn noch nie gesehen, und außerdem drängte jetzt wirklich ihre Zeit; der Capitän sah auch schon in immer kürzeren Zwischenpausen nach seiner Uhr – endlich ließ sich ein kleiner Trupp von Damen und Herren erkennen, die mit Jeremias an der Spitze rasch zur Landung herunter kamen.

Könnern und Sarno schritten ihnen entgegen, etwas erstaunt, die junge Comtesse mit in der Begleitung und an Felix' Arm zu sehen, und grüßten die Damen.

»Nun, Sie haben sich noch entschlossen, mit nach Rio zu gehen, mein guter Herr Rohrland?« fragte Sarno.

»Ich? Denke gar nicht daran, aber – so viel ich weiß ...«

»Gräfin Rottack,« stellte Felix in diesem Augenblick seine wie Purpur erglühende Braut vor – »die Zeit genügte freilich nicht mehr, uns noch trauen zu lassen, aber dazu bietet sich in Rio die Gelegenheit, und bis dahin, meine beste Frau Könnern, empfehle ich mein liebes Bräutchen Ihrem mütterlichen Schutz.«

»Jetzt seh' Einer den Duckmäuser an,« rief Könnern lachend aus, »und nicht ein Wort hat er uns die ganze Zeit gesagt.«

»Ich kann ein Geheimniß wunderbar bewahren,« lachte der junge Graf, indem er Helene der jungen Frau zuführte – »aber nun in's Boot. Sie haben lange genug auf uns gewartet – hieher, Jeremias – d a s zum Andenken.«

»Hurrjeh, das langt!« sagte der kleine Bursche mit vergnügtem Gesicht.

»Eine recht glückliche Reise!« riefen die am Ufer Stehenden dem Boote nach, das in den Strom hinaushielt, und Sarno und Rohrlands winkten mit Tüchern und Hüten.

»Ade! Ade!« tönte der Ruf zurück, und von den raschen Rudern getrieben, schoß das Boot die glatte Bahn entlang, seinem Ziele entgegen.

E n d e.

Druck von G . P ä tz in Naumburg.

Fußnoten

[1] Eine Art Zuckerrohr.

[2] Ein Mißbrauch, der in fast allen deutschen Colonien gegenwärtig herrscht.

[3] Authentisch.

www.ingramcontent.com/pod-product-compliance
Lightning Source LLC
Chambersburg PA
CBHW020624030726
47497CB00007B/2407